霧原骨董店
～あやかし時計と名前の贈り物～

松田詩依　Shiyori Matsuda

アルファポリス文庫

JN213373

http://www.alphapolis.co.jp/

目次

プロローグ

「かわいそうに。このままじゃ、お前はずうっとひとりぼっちのままねぇ……」

皺《しわ》くちゃの手で、祖母が僕の頬を優しく撫でる。その表情は悲哀に満ちていた。

「お前は優しい子だからねぇ……人に迷惑をかけないように、わざと周りと距離を置いているんだろう？　誰とも関わらないのは確かに楽かもしれない。でも誰の記憶にも残ることなく、好かれることも、嫌われることもなく、関心も持たれないままずうっと生きていくのは……あまりにも酷だ。私にゃとても耐えられない」

哀れむように。慰《なぐさ》めるように。慈《いつく》しむように。

祖母は片方の手で僕の手を強く握りしめながら、もう片方の手で別れを惜しむように頬や頭を撫で続けた。

祖母の掠《かす》れた声は言葉を発するたびに弱まり、瞳からは生気が少しずつ消えていく。それでもなお話し続ける祖母だが、僕の頭は上手く働かず、それらの言葉を拾えない。なにか大切なことを伝えているはずなのに——

「そこの、引き出しに入っている……時計を取ってくれるかい？」

祖母は意思に反して閉じようとする瞼《まぶた》を無理矢理にこじ開け、震える手でベッド横のチェストを指さす。

はっと我に返り、急いで引き出しを開けると、それはすぐに見つかった。

祖母が長年愛用している、金色の手巻き式懐中時計。至るところに小さな傷がついている古い物だが、祖母は毎日ゼンマイを巻いて大切に大切に使い続けていた。

懐中時計を取り出し祖母に差し出すと、祖母は両手で時計ごと僕の手をしっかりと包み込んだ。

「……お前が持っていておくれ。大切に使えば、きっと……いいことがあるはずだよ」

うわ言のように呟かれる言葉に、僕はただただ頷くことしかできない。

祖母は僕の頬に優しく触れて、悲しげに微笑んだ。

「一樹《かずき》。可愛いお前をひとり残して逝《い》くのが……ばあちゃん、本当に心配だよ。どうか、どうか、幸せになっておくれ……」

絞り出すようにそう告げたあと、祖母の手は布団の上にぱたりと落ちた。目からは涙が一筋流れ、それと同時にゆっくりと瞼が閉じられる。

皺《しわ》の刻まれた手を握り、冷たくなっていく体温を感じながら、祖母は逝ってしまったのだと理解した。

そうして僕は、本当にひとりきりになってしまったのだった。

第一話　懐中時計

僕——高峰《たかみね》一樹は、幼い頃に両親を亡くし、唯一の身寄りであった祖母と二人で暮らしていた。

小さな田舎町での、決して裕福ではない生活。けれど、それを不満に思ったことはない。家事や畑仕事を手伝い、高校に入るとアルバイトをして家計を助けながら、祖母と仲よく二人三脚でやってきた。

持病があった祖母のことを思い、高校卒業後は地元で就職するつもりだった。ところがその旨を伝えると、私のことなんて考えなくていいから大学に行きなさい、と祖母は顔を真っ赤にして僕を叱った。

ウチにはそんな金ないじゃないか——そう反論する前に祖母が出してきたのは、両親が残してくれていたという、僕名義の預金通帳。そんな物を見せられたらなにも言えず、僕は急遽《きゅうきょ》、就職から進学へ進路を変更したのだった。

それから大急ぎで進学先の資料を集め、色々と考えた結果、ある地方都市の大学を受験することにした。そしてなんとか合格通知を手にして新居も無事決まり、あとは引っ越すだけ――そう思っていた矢先に祖母が倒れ、その数日後に亡くなった。

まるで僕が巣立つ準備を終えるのを見計らっていたかのような、絶妙すぎるタイミングだった。

こうして唯一の肉親を失ってしまった僕は、悲しみに暮れる暇もなく、祖母と暮らした田舎から遠く離れ、この町で新たな生活をはじめたのだ。

僕の一日は、祖母の形見である懐中時計のゼンマイを巻くことからはじまる。

今日の授業はなにがあったっけ。あの課題はいつまでだったか。そういえばシャンプーがなくなりかけてたから、買いに行かなきゃな――朝目が覚めるとそんなふうに一日の予定を立てながら、竜頭《りゅうず》を回してゼンマイを巻く。

金無垢《きんむく》のチェーンがついた、片面開閉式の古い懐中時計。

掌《てのひら》にちょうど収まるくらいのサイズだが、ずっしりとした重量感がある。蓋《ふた》や側面には花や鳥といった和風の装飾が施《ほどこ》されていて、使い込まれたなめらかな手触りだ。

蓋《ふた》を開くと白い文字盤が顔を出し、そこにはアラビア数字がぐるりと並んでいる。

こういった物に詳しくない僕でも、この懐中時計が如何《いか》に古く、高価な物かは想像がつく。それに、祖母がどれだけこれを大切にしていたかはよく理解していた。

『この時計には守り神が憑《つ》いていて、持っていると幸運を運んでくれるんだよ』

生前の祖母はそう言って、どこへ行くにも肌身離さず持ち歩いていたほどだ。

『守り神が憑いている』という祖母の言葉を信じているわけではないが、持つと手によく馴染《なじ》み、妙に安心する。気がつくと僕は、この時計をお守り代わりに持ち歩くようになっていた。

ただし、この時計はもう、時計としての役割を果たしていない。祖母が息を引きとった瞬間から、時を刻むのをやめてしまったのだ。

それでも僕は、毎日欠かさずゼンマイを巻いている。いつかまた針が動き出すことを願って――

今日もゼンマイを巻き終えた僕は、ベッドから出て床に足を下ろした。

このアパートは家賃の安さを重視して選んだため、築年数はそこそこ経っている。

それでもフローリングや壁紙は新しく張り替えられていて綺麗だし、風呂とトイレは別で、エアコンもついていた。

手早く準備を済ませて部屋を出ると、自転車に跨《また》がり緩やかな長い坂を下っていく。自宅から大学までは、自転車で十五分。高校の時は自転車で三十分かけて通っていたので、それを思えば近いものだ。

風を感じながら、流れる景色に目を向ける。

田畑や山々に囲まれていた故郷と違い、視界に入ってくるのは住宅やビルなど建物ばかりだ。

そんなこの町での生活には、今のところ不満も不安もない。けれど、これといった喜びや期待を感じることもなかった。

＊

「――と、いうように考えられています。えー……ここまでの話をまとめると……」

大講義室に響き渡る教授の声に耳を傾けながら、僕はシャープペンシルを回して眠気と必死に戦っていた。

一年次の必修であるこの授業にはほとんどの学部生が出席しているため、大講義室は学生で溢《あふ》れかえっている。

これだけの人数がいても、真面目に授業を受けているのはほんの一握りの学生だけ。眠っていたり、携帯をいじっていたり、それなりに大きな声で雑談を交わしている者もいる。

そんな中、教壇に立つ教授は彼らに注意もせず授業を進めていく。きっとこの騒音にも慣れてしまっているのだろう。

欠伸《あくび》を噛み殺して息を吐くと、どんっと肩に衝撃が走った。手の中からシャープペンシルが落ちて、床を転がっていく。

「あ、わりぃ。ぶつかっちまったか?」

その声に右を向くと、隣の席で友人達とふざけ合っていた男子学生が僕を見ていた。

「……いや」

シャープペンシルが落ちたのは別に彼のせいではない。彼の後ろに立っているヤツのせいだ。けれどその男子学生は申し訳なさそうに床に落ちたシャープペンシルを拾ってくれる。

彼の髪は発色のいい茶色で、僕とは正反対の明るく賑《にぎ》やかそうな印象を受けた。

どういう言葉を返せばいいか迷っているうちに、男子学生はシャープペンシルを僕の手元に置いてすぐに友人の方を向いてしまう。僕は黙ってシャープペンシルを手に取り、手持ち無沙汰にペン回しを再開した。

横目でちらりと隣を見ると、男子学生は何事もなかったかのように友人達と談笑している。その様子をしばらくうかがったあと、僕はゆっくりと意識を彼から引き離した。

僕は人付き合いが少し――いや、かなり下手だ。

もともとひとりが好きな質《たち》ではあるのだが、とある事情で幼い頃から他人と距離を取りがちだった。

その結果、決して人に嫌われることもないが、かといって好かれることもなく、相手の印象にさほど残らない人間に成長した。

高峰？　ああ、そういえばそんなヤツいたよな。下の名前も顔もよく覚えてないけど――といった感じに。

別にそれを嫌だと思ったことはない。ぼっちの生活にも慣れている。そんな僕を祖母はとても心配していたけれど、大丈夫。心配には及ばない。

「授業終わったら飯行こーぜー」

「明日休みじゃん。今晩、カラオケオールしようよ」

「サークルの先輩に告白されちゃった！」

「ごめん、今日合コンなんだー」

前後左右から楽しそうな声が聞こえてくる。

右側に立っていたヤツが、ずずずっと僕に顔を近づけてくる。それが近づくにつれて周囲の声がますますうるさくなっていくように感じた。

けれど周りにいる誰も、そいつを気にしている様子はない。

当然だ。こんなもの、見えてしまうほうがおかしいのだから。

通路に落ちるそいつの影を見つめながら、僕は俯《うつむ》いて耳を塞《ふさ》ぎ、授業が終わるまでじっと耐えていた。

「――今日の授業はここまで。では、また次週」

耳を突き刺していた学生達の声がただの騒《ざわ》めきに変わり顔を上げると、授業は終わっていた。窮屈《きゅうくつ》で暑いくらいだった教室から続々と学生達が去っていく。

ふとノートをまともに取っていないことを思い出し、教授が完全に消し切る前に慌ててスマホで黒板の写真を撮った。

額に滲《にじ》む汗を拭《ぬぐ》って一息つくと、荷物をまとめてようやく席を立つ。

「すみません」

背後から凛《りん》とした声に呼び止められ、驚いて一瞬足を止めてしまった。しかしよく考えれば、僕に声をかけてくる人間なんているはずがない。構わず足を進めて講義室を出ようとした。

「あの、すみません」

すると今度は肩を軽く叩かれ、同じ声にもう一度呼び止められた。

肩に確かな感触とわずかな体温を感じて、パッと振り返る。

「すみません……あの」

そこには、長い黒髪の女子学生が立っていた。

勢いよく振り向いたせいか、彼女はわずかに驚いて目を丸くしている。

スラッとした体形で肌の色は白く、可愛いというよりは綺麗系の大人しそうな女の子だ。ロングスカートに白いブラウスという清楚《せいそ》な出で立《いた》ちで、他の女子達とは明らかに違う落ち着いた雰囲気を漂《ただよ》わせていた。

僕ですか、と問うように無言で自分の顎《あご》の辺りを指さすと、彼女は丸い瞳に僕を映したままゆっくりと頷いた。

「……な、んでしょうか」

話しかけられる理由がまったく思い浮かばず、詰まりつつ返事をすれば、彼女がすっと静かに手を差し出した。

「これ、貴方のですよね」

彼女の手に見覚えのある懐中時計が載せられているのを見た瞬間、あっ、と自然に声が漏れた。

慌ててズボンのポケットに手を入れたが、そこにあるはずの懐中時計はない。いつの間に落としてしまったのだろう。周りの音がうるさくて落としたことにも気づかなかった。

「私、少し後ろの席にいたんですけど。さっき、ポケットから滑り落ちたのが見えたので」

「全然気づかなかった……すみません。ありがとうございます」

礼を述べながら懐中時計を受け取るが、彼女の表情はどこか曇《くも》っている。不思議に思っていると、彼女はまた静かに口を開いた。

「蓋《ふた》が開いていたので、中を見てしまったんですけど……その時計、動かなくなっていました。もしかしたら落ちた拍子に壊れてしまったのかも……」

懐中時計を心配そうに見つめる彼女に、僕は小さく首を横に振った。竜頭《りゅうず》を押して蓋を開け、四時十二分を指したまま止まった針を見つめる。

「これ、もともと動かないんです。時計屋さんに見てもらったんですけど、部品はどこも壊れていないらしくて。お店の人もお手上げだって、返されたんです」

いくつかの時計屋を巡ったが、返答は皆同じ。部品は正常で、動かない理由はわからない、とのことだった。

きっと祖母のあとを追うように役目を終えたのだと、僕は思っている。

「……だけど、祖母が大切にしていた物なんです。拾ってくれて、助かりました」

彼女が引き止めてくれて本当によかったと思いながら、感謝を伝えるように頭を下げる。

　すると頭上から、くすりと笑い声が降ってきた。不思議に思って顔を上げると、彼女は手で口元を押さえながら笑いを堪《こら》えているようだった。

「ふふっ……ごめんなさい。なんだか面白くて。だって、貴方も一年生ですよね」

「え、ええ……まぁ」

「それなのに私達、ずっと敬語で喋って……ふふっ」

「そ、そうですね……あ、いや。そう、だね」

　そんな些細なことがツボにはまってしまったようで、彼女の口元からくすくすと笑みが溢《あふ》れていく。彼女があまりにも楽しそうに笑うから、僕も思わずつられて笑ってしまった。

「その時計、本当に大切な物なんだね。きっとその子も喜んでいると思うよ……それじゃあ、また」

　時計を〝その子〟と人のように呼ぶなんて不思議な人だ。

　彼女は小さくお辞儀をして振り返ることなく教室を出ていった。

　僕は懐中時計を握りしめながら、その場に立ち尽くす。

誰かと目を合わせて言葉を交わし、ましてや笑うなんて、本当に久しぶりのことだったから。

＊

昼休み。ひとり食堂に入ると、そこは沢山の学生達で賑《にぎ》わっていた。

この大学の食堂の天井は高く、大きなガラス窓が並んだ開放的な内装で、お洒落《しゃれ》なレストランのような雰囲気だ。

和洋中とメニューの種類も豊富で、味もさることながら、値段が良心的なのが嬉しい。

加えて、テーブル席だけでなくカウンター席も用意されていることも魅力のひとつだ。ぼっちの貧乏学生にとって、ここの食堂は図書館の次に落ち着ける場所だった。

きつねうどんを購入し、窓際にあるカウンター席に座って手を合わせる。

ひとつ空《あ》いた隣の席には、美味しそうにオムライスを頬張る女子学生の姿があった。

その様子を見ていると、オムライスが食べたくなってくる。

どうしてこう、人が食べている物は美味しそうに見えるのだろうか。

明日は僕もオムライスにしようかな、などと考えていると、窓ガラスに映る女性の姿が視界に入った。その女性はこちらを羨《うらや》ましそうに見つめているような気がしたが、そもそもそんなものは見えるはずがないのだ。僕はそっと視線を逸《そ》らしてきつねうどんを啜《すす》る。

うどんは柔らかい太麺で、そこそこ分厚い三角お揚げを噛むとじわりと甘い出汁《だし》が溢《あふ》れる。少し味が薄いような気もするけれど、学食にこれ以上のクオリティを求めるのは欲張りだろう。

やがて食事を終えた僕は、お盆を窓際に寄せてポケットの中から懐中時計を取り出す。

竜頭《りゅうず》を押して蓋《ふた》を開けるが、やはり時計の針は微動だにしない。時計の側面を軽くとんとんと叩いてみても、当然動く様子はなかった。

じっと見つめてみたところで、どうにもならないことはわかっている。ただ、時折こうして動いていないものかと確認してしまう。

ゆっくり蓋を閉じると、かちっという音が鳴った。その音が心地よくて、開けては閉めてを繰り返す。

そして蓋に彫られた朱鷺《とき》の模様を指でそっとなぞりながら、小さく溜息をついた。

——やっぱり、なんとか直してやりたいよな。

実はもう一軒、この懐中時計を見てもらえそうな店に心当たりがあった。いつ見ても閉まっている店なのだが、あそこならなんとかしてくれるかもしれない。

今日も帰りに店の前を通ってみようと決めて、僕は静かに席を立った。

＊

僕のアパートは少し高台にあって、大学から帰宅する際には最後に緩やかな坂を上ることになる。その上り坂にさしかかる手前辺りに、異彩を放つ建物があった。

まるでそこだけ時代に取り残されたかのような、瓦屋根の古い木造建築。その軒先《のきさき》には〝霧原《きりはら》骨董店〟と彫られた、かなり年季の入った一枚板の看板が掲げられている。

入口の左右にある出窓からわずかに中を覗けるのだが、照明が点《つ》いていない店内は薄暗く、物が沢山置かれていることが辛うじてわかる程度だった。

格子の引き戸は客の来店を拒んでいるかのようにぴたりと閉められており、〝本日ノ営業ハ終了シマシタ〟という札が下げられている。

僕がこの町に引っ越してきて以来、店が開店しているところを見たことは一度もない。なのに何故僕がこの店に期待を抱いているかというと、その理由は店先の張り紙にあった。

――いわく憑《つ》きの骨董品の出張買取・修理・お祓《はら》いなど承《うけたまわ》ります。お気軽にご相談ください。

張り紙に書かれたそれを読む限り、この店は相当変わっていると思える。〝いわく憑き〟〝お祓い〟などの言葉に引っかかりを覚えるが、注目したいのは〝修理〟の文字だ。

どことなく不思議な気配を放つこの店ならば、祖母の懐中時計を直してもらえるような気がしてならない。

閉ざされたままの格子戸が開いてる時があれば、足を踏み入れてみよう。そんなことを考えつつ、今日も閉まったままの店の前を自転車で通り過ぎたのだった。

＊

数日後。図書館で課題をこなして大学を出た頃には、すでに外は薄暗くなりかけていた。

アパートへ続く坂道にさしかかろうとした時、疲れのせいか、なんだか今日は最後まで上りきれないような気がして、自転車を押して歩くことにする。

坂の手前で自転車を降り、ふと目の前にある骨董店に視線を移した瞬間、自分の目を疑った。

「嘘だろ」

いつもはぴったりと閉められている格子戸が開いており、あろうことか店内に明かりが灯《とも》されていた。

何度か目を擦《こす》って確認したが、やはり僕の見間違いではなく、店の戸は開いていた。

引き寄せられるように入口に近づいて中を覗き込んだ。温かな色の電球に照らされた店内には、沢山の骨董品が所狭しと並んでいる。

「すみません」

恐る恐る声をかけてみたが、声が反響しただけで返事はなかった。けれど、こうして電気が点《つ》いていて入口も開いているのだから、開店していることに間違いはないだろう。

「失礼しま……す」

店に入って真っ先に目に留まったのはレジ台だ。入口のすぐ左側に、年季の入ったアンティークのレジスターが置かれている。

レジ台の奥には、長方形のローテーブルを挟んでロングソファが置かれているのが見えた。その周囲にもごちゃごちゃと物が置かれていて、さらに奥には大きめの窓がある。

一方、入って右側は商品の陳列スペースのようだ。

こちら側に窓はないが、天井から吊られたシャンデリアや様々な種類の照明が棚に並んだ商品をぼんやりと照らしていた。

人がぎりぎりすれ違えるくらいの間隔で置かれた棚に並ぶのは、いかにも骨董品らしい物から、一見ガラクタに見えるような物まで多種多様だ。けれど決して乱雑に置かれているわけではなく、物が溢《あふ》れていながらもなんとなく秩序《ちつじょ》があるように感じられる。

ひとまず店の人を探そうと、陳列棚の間からそろそろと奥を覗き込んだ。

ここは店で、自分は客なのだからもっと堂々としていればいい。そうは思うものの、店の不思議な雰囲気に圧倒されて、思わず息を潜《ひそ》めてしまう。

壁にいくつもかけられた振り子時計はそれぞれ振り子を揺らし、大きな飾り皿や壺《つぼ》の隣では蓄音機《ちくおんき》が威厳たっぷりに存在を主張している。

髪が伸びそうな日本人形や、今にも動き出しそうなほど精巧なビスクドールからは、こちらをじっと見つめているかのような不気味な視線を感じた。

どれもこれも、長い年月を経《へ》てきた品々なのだろう。高価そうな骨董品達を壊さないように、細心の注意を払いながら店の奥へ進んでみる。

一歩足を踏み出すたび、まるで怪しい客人を品定めするかのように空気が騒《ざわ》めく。物に囲まれているだけだというのに、息が詰まりそうなほどの威圧感に気圧《けお》されそうだ。

「お前、ひとりなんだろ」

その時、地を這《は》うような低い声が耳元で聞こえた気がした。

店主が現れたのかと思い辺りを見回すけれど、店内は相変わらずしんと静まり返っている。

「ひとりぼっちは悲しいだろう。寂しいだろう」

今度は背後から、ノイズがかかったような女性の声が聞こえた。反射的に振り向くが、そこにあるのは骨董品だけで人の姿は見えない。

「あの……どなたかいらっしゃるんですか……」

震えた声で問うものの、返事はない。けれど威圧感のような気配を感じていたのは気のせいではなかった。明らかに、この店にはなにかがいる。ぞくりと背筋が凍るのを感じて、慌てて店から出ようと踵《きびす》を返した。

「そんなに慌てずともいいだろう。ゆっくりしていくといい」

今度は目の前から老人のような声が聞こえ、その瞬間なにかに躓《つまず》いて派手に転んだ。咄嗟《とっさ》に棚を掴んでしまい、木の床に倒れ込むと同時に商品がいくつか落ちてきた。

「……っ」

小さく呻《うめ》きながら体を起こす。顔を上げると、周りに置かれている骨董品が自分の方へ雪崩《なだ》れ落ちてくるような錯覚に陥《おちい》って、尻餅をついたままあとずさった。

店内を照らしていた電球がちかちかと点滅したかと思えば、ばちんと音を立てて消え、辺りは暗闇に包まれる。

その瞬間、店にある時計が一斉に鳴った。

それだけじゃない。

触れてもいないのに不気味な音を奏でるオルゴール。

かたかたと音を立てて小刻みに揺れる陶器。

暗闇に徐々に目が慣れてきたところで、僕はさらなる異変に気づいた。

僕の周りを取り囲むように、数え切れないほどの影が佇《たたず》んでいる。どれもはっきりと見ることはできないが、人影だけでなく猫や狐《きつね》などの獣のような姿も見える気がした。

「自ら入ってきて、怯《おび》えることはないだろう」

「かわいそうな坊や。慰《なぐさ》めてあげなくちゃ」

「ふふ……滑稽《こっけい》な姿だなぁ」

挑発するような声や、こちらを哀れむような声、小馬鹿にしたような笑い声。様々な声が聞こえてくる。

同時に、いくつもの手がこちらに伸びてきて、驚きと恐怖で声のひとつも上げられない。

迫り来る影に命の危険を感じつつ、腰が抜けて逃げ出すこともできなかった。

そして僕が固く目を閉じた瞬間――

「やめなさい！」

――女性の鋭い声が店内に響いた。

恐る恐る目を開けて、僕はハッと驚く。目の前には、影から僕を守るように女の人が立っていた。

「この子に手出ししたら許さないわよ！」

その女性は両手を広げ、僕を取り囲んでいる影に向かって啖呵《たんか》を切る。

暗くて姿はよく見えないが、揺れる長髪と和服のようなシルエットがぼんやりとうかがえた。

彼女はどこから現れた？　何故、僕を庇《かば》っている？　そもそも一体なにが起きているんだ？

疑問が次々浮かんで、気分が悪くなりそうなほど頭の中でぐるぐると回り続けている。

「キミは……」

思わず声が漏れていた。そんな僕の声に反応して、彼女はくるりとこちらを振り返る。

「はじめまして、一樹。会いたかったよ」

彼女の嬉しそうな声が降ってくる。

「女、我らと一戦交《まじ》えるつもりか」

「そっちがその気なら相手になるわよ！　さぁ、かかってきなさい！」

影の挑発に、彼女は臆《おく》することなく不敵に言って、不穏な空気を発するそれらと向かい合った。

「面白いではないか……」

影達の殺気がみるみるふくらんでいく。

もはや僕の存在なんておかまいなし。彼女と影が睨《にら》み合い、それを煽《あお》るように骨董品達はがたがたと激しく揺れている。

窓は閉まっているのに風が舞い上がって骨董品が棚から落ちていく。それらが床にぶつかる音が聞こえるたび、別の意味で気が遠くなった。

「なにしてる」

場の空気に割って入るように、男性の声が聞こえた。次の瞬間、ぱっと電気が灯《とも》って店の中が一気に明るくなる。

光に目を細めながら声が聞こえた方に視線を動かすと、レジ台の横に長身の男が腕を組んで立ち、僕達を睨《にら》みつけていた。

年齢は三十代前半くらいだろうか。がっしりとした体に、はっきりとした目鼻立ち。毛先のはねた硬そうな短髪に顎《あご》の無精髭《ぶしょうひげ》が似合う、所謂《いわゆる》ワイルド系の風貌だ。

藍色の着物を身につけ、腕には木製の古い数珠《じゅず》をつけている。店内の雰囲気と相まって、まるで時代劇の中に飛び込んだような感覚に陥《おちい》った。

尋ねずともわかる。この男性が店主だろう。

腰を抜かしたままの僕を睨みつけ、彼は無言でこちらに歩み寄ってくる。それを見て、はっと我に返った。

「すみません。あの、僕……怪しい者じゃなくて……」

電気が点《つ》いたことで明らかになった店の惨状に、血の気が引いていくのを感じた。

骨董品が床に散乱し、中には割れてしまっている皿や壺《つぼ》などもある。そんな悲惨な状態の店内で腰を抜かしている、見知らぬ人間。

今の僕が、品物を見ていただけなんです、なんて言っても説得力は欠片もない。

大股で目の前までやってきた男は、相変わらず無言のままじっと僕を見下ろした。その鋭い眼光に、このまま殺されてしまうのではないかと思うほど身がすくんだ。

硬直して男を見上げていると、彼は僕から視線を外し、僕に迫っていた影の方を睨みつけた。

「お前ら、客になにしてくれてんだよ。目ぇ離した隙に調子乗ってんじゃねぇぞ」

えらくドスのきいた声に、空気がびくりと震えた。

影達は我先にと方々の骨董品に吸い込まれるように消えていき、大量の気配は一瞬にして消え去った。

「大丈夫？　怪我はない？」

僕を守ってくれていた女性が、心配して顔を覗き込んでくる。

彼女の見た目は二十代前半くらい。少しタレ目で金色の瞳が印象的な、美しい女性だ。髪は黒くまっすぐで、しゃがむと床についてしまうほど長い。真っ白な着物の襟《えり》を左前にして着ており、死装束《しにしょうぞく》を連想させた。

「兄ちゃん、大丈夫か」

「は、はい」

「客なんて滅多に来ないから、まさかいるとは思わなかった。すまねぇな」

男は僕の傍にしゃがむ女性をちらりと見たあと、僕に手を差し出した。その手を掴むと、強い力で引き上げられる。

「今の、見えてたのか」

「え……あ……」

突然の質問に、なんのことかと尋ねようとして口を噤《つぐ》んだ。

〝見えていた〟というのは恐らく、僕を取り囲んでいた影と、今目の前にいる女性のことを指しているに違いない。

「お前もあやかしが見えるんだな」

今度は確信を持ってはっきりと言われ、僕は素直に頷くことしかできなかった。

僕にはこの世ならざるもの——あやかしの姿が見える。

物心ついた頃から当たり前のように見ていたそれらがあやかしと呼ばれる存在だと知ったのは、祖母に引き取られてからだった。祖母もまた、僕と同じようにあやかしを見る人だったのだ。

幼い僕の遊び相手になってくれるあやかしもいたが、彼らのすべてがいいものとは限らなかった。

最近見たものでいくと、先日の必修授業中。僕の肩にわざとぶつかってシャープペンシルを落とし、授業が終わるまで僕の邪魔をし続けたアイツ。

その後昼食を食べに入った食堂で、僕のきつねうどんを羨《うらや》ましそうに見ていた女もそうだ。もっとも、害意はなさそうだったけれど。

一部のあやかし達にとって、僕のような見える人間は興味の対象になるらしい。その中には、普通の人間を攻撃して僕の反応を楽しむような悪質なヤツもいる。

あやかしは、無視するに限る。そう学習した僕は、耳を塞《ふさ》ぎ、目を伏せて、彼らをやり過ごす術《すべ》を習得した。

その結果、周囲の人間とも距離ができてしまったものの、そうやってなんとか今までやってきたのだ。

「あの……貴方も、アレが見えるんですか」

「まぁな。見えてなきゃ、こんな仕事やってねぇよ。立ち話もなんだから、座れや」

店主に促《うなが》されるまま移動し、座り心地のいいソファに腰を下ろした。

「ここは……骨董店……ですよね」

「ああ。だが、ここにある物には皆、付喪神《つくもがみ》ってのが憑《つ》いてるんだよ」

「つくも、がみ」

「長い年月を経《へ》た物に取り憑いたあやかしのことだ。さっき兄ちゃんを取り囲んでたのがそうだよ」

「……そんな危ない物を、お客さんに売りつけてるんですか?」

向かいのソファに座った男に思わず尋ねると、彼は呆気に取られたように瞬《まばた》きを繰り返したあと、腹を抱えて大爆笑した。

「いや、まさか! 客も承知の上で買っていくんだよ」

「……だとしても、あやかしが取り憑いてるんですよね。買い手が傷つけられるんじゃないんですか?」

「兄ちゃん。ひとつ勘違いしてねぇか? 誰が憑いてるのは悪いもんだけって言ったよ」

取り憑くと言ったら普通、悪いイメージしか持たないだろう。

わけがわからず首を傾《かし》げると、店主は呆れたように肩を竦《すく》めた。

「そりゃあ悪いヤツが憑いてるのもあるけどよ。中には持ち主を幸せにしたり、守ったりするいいあやかしが憑いてるのもあるんだぞ」

「はぁ……」

「信じてねぇって顔だな……ったく、兄ちゃんだって持ってるだろ」

男は顎《あご》で僕の隣を示した。その先に視線を動かすと、いつの間にか僕の隣に座っていた、白い着物の女性と目が合った。

「……彼女も付喪神なんですか」

「なんだ、持ち主のくせに気づいてなかったのかよ。なんか依代《よりしろ》になりそうな物、持ってるだろ?」

男は心底驚いたように言って、目を瞬《しばたた》かせた。

付喪神が憑くほどの古い物――

「思い当たる物なんて、これくらいしか……」

ポケットから懐中時計を取り出して、机の上に置いた。

「へぇ……上等な懐中時計だな」

「祖母の形見なんです。祖母が亡くなる間際に譲り受けたんですけど、あやかしが憑《つ》いてたなんて初めて知りました」

男は身を乗り出して懐中時計を手に取ると、明かりに当てながら品定めするようにじっくりと眺めはじめた。

「祖母が、この時計には守り神が宿っていて、持ち主を幸せにしてくれるって言ってました。それは……本当だったたってことですか？」

隣に視線を移して問うと、白い着物の女性は肩を竦《すく》めながら口を開いた。

「さぁ、どうだろうね。本人の捉《とら》え方次第じゃない？」

やけに明るくはきはきした声だが、まったく答えになっていない。

そんな女性に、男も問いを投げかける。

「しかしお前……持ち主が『見える』相手だとわかっていたんだろ。なんで今まで姿を見せなかったんだ」

「この子が私達と距離を取っているのは知っていたからね。……ずっと隠れて見守ってたの」

挨拶《あいさつ》が遅くなっちゃってごめんね、と彼女は申し訳なさそうに謝った。

彼女が祖母の言っていた守り神なのだろうか。仮にそうだとしても、彼女が幸運を運んでくれるだなんて、そう易々と信じられるはずがなかった。

とはいえ彼女が身を挺《てい》して僕を守ってくれたのは事実だ。助けてくれたことに関しては、素直に礼を述べるべきだろうと思った。

「……助けてくれて、ありがとう」

そう言って頭を下げると、彼女は照れ臭そうにはにかんだ。

「どういたしまして」

「……感動的な流れのところ悪いけど、兄ちゃんはなんの用でここに来たのか聞いてもいいか？」

男に問いかけられて、僕はこの店に入ってきた理由をようやく思い出した。

「実はこの懐中時計、動かないんですよ。時計屋さんで見てもらったんですけど、中はなにも壊れてないって言われて……。でも、ここならなにかわかるかもしれないと思って来ました」

どれ、と男は懐中時計の背面を開け、目を凝らして部品を確認しはじめる。

「ふむ……確かに壊れてる部品はないな」

返ってきた言葉は、他の店で言われたのと同じだった。

この店でも駄目だったか。そう落胆する僕に、思いもよらない言葉が投げかけられる。

「けど……お前はこの時計が動かなくてもいい、って思ってるんじゃないのか？」

言われたことの意味がわからず、僕は男をじっと見つめた。

「だってお前、その付喪神《つくもがみ》のこと、まったく信じてないだろ。持ち主が信じていない物が動くわけあるか」

故障の原因として挙げられたのは、あまりにも非現実的なものだった。

しかし祖母が死ぬ瞬間まで、この懐中時計はきちんと動いていた。ということは、彼の分析もあながち間違ってはいないのかもしれない。

「現状は、付喪神がお前に一方的に片想いしてるって感じだなぁ。かわいそーに」

「えー……想いが一方通行なのは辛いなぁ」

男の言葉に、白い着物の女性が便乗する。これではまるで、僕が悪者みたいではないか。

「……どうしても時計を動かしたいなら、名前をつけることだな」

「名前？」

これまた意味不明な発言に、僕は再び首を傾《かし》げる。そんな僕を無視して、名前がないんだろ、と男が尋ねれば、白い着物の女性は頷いた。

「懐中時計の裏に、僕の名前を書けとでも言うんですか」

「馬鹿か。お前が、その付喪神に名前をつけるんだよ。いいか？　名づけるってことは、その存在を特別なものだと認めるってことだ。名前には強い力があるんだぞ」

「いきなりそんなこと言われたって……」

隣から期待の眼差しを痛いほど感じた。

けれど僕はすっかり混乱してしまって、考えれば考えるほどなにも思いつかなくなっていく。

「名前は大切だからな。そんな焦って決めずとも、時間をかけてじっくり考えるといいさ」

「いい名前、つけてね！　楽しみにしてるから」

期待を表すように女性から両手を強く握られて、僕は遠い目をしながら頷くことしかできなかった。

「――それでよ、話は変わるんだけど」

男はにっこりと満面の笑みを浮かべながら、店の陳列スペースを指さした。

「あれ、どうしてくれるわけ？」

ゆっくりとそちらを見た僕は、あ、と間の抜けた声を漏らした。

すっかり忘れていたが、そこには床に物が散乱した、悲惨な光景が広がっていた。

「お前の付喪神《つくもがみ》が喧嘩《けんか》売ってくれたおかげで、この有り様だ」

僕は被害者で、巻き込まれただけだ。だというのに、責任を取れというのもおかしな話に思える。

しかしなにも知らなかったとはいえ、店の人がいないのに勝手に奥まで入ってしまった僕にも多少の非はある。それに、転んだ際に僕が壊してしまった物も少なからずあると思い出した。

「……とは言っても、兄ちゃんに悪気があったわけでもないし、なにか悪さをしようとしたわけでもない。事実、店を荒らしたのはその名無しの付喪神だもんなぁ？　よし。この時計をくれるなら、チャラにしてやってもいいぞ」

男が時計を握りしめたまま、にやりと笑う。

どうしたものかと視線を彷徨《さまよ》わせると、不安そうに僕を見つめている女性と目が合ってしまった。

僕よりも大人びて見える女性の手は、怯《おび》えたように小刻みに震えている。

ああ、そうか。今のところあの時計の持ち主は僕だ。女性の存在を完全に受け入れたわけではないものの、彼女はそんな僕しか頼る相手がいない。

もし僕がこのまま時計を手放したら、女性はあの山のような骨董品の中のひとつになってしまう。いつ訪れるかわからない次の持ち主を、ひとり寂しくここでじっと待つことになるのだろう。

そもそも店を荒らしてしまったのは、女性が懸命に僕を守ってくれようとした結果なのだ。懐中時計は祖母が僕に残してくれた物でもある。故郷も家族も失った僕に、最後に残った大切な形見――

たとえ脅されようとも、はいわかりました、と簡単に手放すわけにはいかなかった。

「……その時計だけは、渡せません」

「なら、どうする？」

男はそう言って目を細めたが、ここで折れるわけにはいかない。拳を強く握りしめ、彼を見つめ返した。

「……僕が、弁償します」

その言葉を聞くなり男はさらに笑みを深くして、軽快な音を立てながら電卓を叩きはじめた。

「ざっと見積もって、これくらいだぞ？」

「――なっ」

差し出された電卓に表示されている数字を見て、思わず声を失った。

何度も何度もゼロの数を数えるが、いくら確かめても金額は変わらなかった。

両親が残してくれた貯金を崩せば、どうにか払えるかもしれない。しかし、そうすると大学には通えなくなってしまう。

こんなところで大学を中退するわけにはいかないし、かといって一度払うと言ったものを取り消すのも、絶対に嫌だった。

「どうする？　この時計、手放すか？」

チェーンをつまみ、時計を振り子みたいに揺らしながら、男がこちらを試すように言う。白い着物の女性は、不安げに僕と彼の顔を交互に見ていた。

「今すぐには払えません。でも、何年かかっても必ずお返しします。ですから、時間をくれませんか」

そう言って頭を下げる。まるで闇金に金を借りているかのような気分になった。やがて頭上からくすりとおかしそうな笑い声が降ってくる。

「なぁに、今すぐ払えとは言わねぇよ。金がねぇなら体で払え。お前ならあやかしも見えるし、ちょうどいいからウチで働けよ」

「――あの、僕の意思は」

「金、払えないんだろぉ？　安心しろ。利子も延滞金もなしで、少ないがバイト代もいくらか手元に残してやる。都合のいい雑用係が欲しかったんだ」

謀《はか》られた――この男、最初から僕をこの店で働かせるつもりだったのだ。

そうわかっても、もはや僕に選択の余地はない。

まるで悪魔と契約してしまったかのような気持ちになり、全身に悪寒《おかん》が駆け巡って脂汗がじわりと滲《にじ》み出てきた。

「俺はこの霧原骨董店の店主、霧原隆道《たかみち》。兄ちゃんの名前は？」

「……高峰、一樹です」

声を絞り出すようにして名乗ると、目の前の悪魔は口角を上げてにんまりと笑った。

「くくっ……明日からよろしく頼むな。高峰一樹君」

こうして僕は、半強制的にこの『霧原骨董店』でアルバイトをすることとなったのだった。

第二話　テディベア

《頼みたい仕事がある。学校帰りに店まで》

本日最後の授業の終了五分前――珍しくスマートフォンが震えたので確認してみると、隆道さんからそんなメッセージが届いていた。

付喪神《つくもがみ》が憑《つ》いた特殊な骨董品を扱う店――『霧原骨董店』でアルバイトをはじめて、もうすぐ一週間。

僕は週に四日アルバイトに入ることになり、土日は朝から、平日は授業が終わるとすぐ店に向かっている。

出勤日は店の営業日や隆道さんの予定に合わせて一ヶ月ごとに決めることになっていて、先日決定したスケジュールだと今日は休みだ。だというのに、僕に予定がないことを見透《みす》かしているかのようなこのメッセージ。

画面の向こうで、あの男がほくそ笑んでいるのが目に浮かぶようだ。
《わかりました。もうすぐ終わるので、昼飯食べてから向かいます》
返信した瞬間に、既読のマークがついた。
きっと客が来なくて暇を持て余し、ソファに寝転びながらスマートフォンをいじっていたのだろう。すぐにメッセージが返ってくる。
《お前の分の昼飯あるから》
そもそも、どうして僕の授業が午前中で終わることを知っているんだ。不思議に思いながらも、《ありがとうございます》とだけ返信して重い溜息を吐き出した。

＊

授業後、昼飯を食べずに大学を出て、店に到着したのは十二時半頃。

一週間前までは何度通りかかっても閉ざされていた格子戸は、今まで見てきた光景が幻だったかのように開け放たれていた。

『霧原骨董店』の営業時間は店主の都合によってまちまちだが、基本的には午前十時から午後五時で不定休。出張販売も行《おこな》っているため、隆道さんが不在にしている時は店を閉めているそうだ。

隆道さんと奥さんの二人で営《いとな》んでいて、店の奥と二階が彼ら夫婦の居住スペースとなっている。

客は老若男女《ろうにゃくなんにょ》様々で、常連やリピーターが圧倒的に多いらしいが――そもそもの数が半端なく少ない。

僕がここで働きはじめてから一度だけやってきた新規客は、隆道さんが声をかけると驚いて逃げていった。

初めて訪れたのに、店の奥まで入っていった僕は相当珍しかったらしく、後日隆道さんに、お前度胸あるんだなと褒められたほどだ。

こんな状態で生計を立てられているのか怪しいものだが、隆道さんいわく『その筋では大人気』らしく、出張販売を中心にそれなりに儲《もう》かっているという。

お客にはあやかしが見える人も見えない人もいるそうだが、「なにかが憑《つ》いている」と知って買いたがるマニアが多いらしい。

店の前に自転車を停めて鍵をかけたところで、どこからともなく声が聞こえてくる。

「もう出てきていい?」

「ああ……いいよ」

そう答えると、白い着物を着た女性が煙のように姿を現し大きく伸びをした。

祖母から受け継いだ懐中時計に憑《つ》いているという、名無しの付喪神《つくもがみ》だ。

彼女に名前がないと知ってから、その名を考えてはいるのだが、これといったものが思い浮かばず、今のところ心の中では『時計の彼女』と呼んでいる。

彼女は自分の存在を明かしてからも、見知らぬあやかしとの関わりを避けている僕を気遣って、普段は姿を隠してくれていた。

ただ、僕と顔を合わせて話せるのは嬉しいと言うので、骨董店や人のいない場所など、彼女が姿を現しても大丈夫なところでは出てきてもいいと伝えていた。

「……隆道さんに僕の時間割伝えたのって、キミだったりする?」

「私がそんなことするわけないでしょう! でも昼食代も浮くし、働けばお給料も出るし、借金だって減る。一石三鳥な呼び出しじゃない?」

時計の彼女は手と首を横に振って全力で自分の無実を訴えるが、その顔はどことなく楽しげだ。

「こんにちはー」

朱色の暖簾《のれん》をくぐり店に入ると、まず左手に視線を向ける。

店内で一番日当たりのいい場所に設けられた応接スペースには、楢《なら》の一枚板でできたローテーブルを挟むように、キャラメル色のロングソファが二つ並んでいる。向かって左側のソファが隆道さんの定位置だ。

隆道さんは、洋風なソファに似つかわしくない着物姿でだらしなく座っていた。彼は僕に気づくと、咥《くわ》えていた煙管《きせる》の灰を落として手招きした。

「おう、お疲れ。ちょうど昼飯できたとこだぞ」

テーブルの上には大盛りの半熟オムライス、コールスローサラダ、コンソメスープなどが二人分並んでいた。

「おいしそー！」

時計の彼女が目を爛々《らんらん》と輝かせて、我先にと隆道さんの向かい側に座る。

僕も背負っていたリュックを下ろし、彼女の隣に腰かける。

するとその時、傍にある扉が開いた。

「おかえり。ナイスタイミングだよ、カズキ。ちょうどキミの分が出来上がったところだ」

もうひとり分の料理を載せたお盆を持って、長髪ブロンドの美女が現れた。

彼女の名前は霧原尊《みこと》。骨董店の従業員で、隆道さんの奥さんでもある。

彼女はイギリス人の母と日本人の父を持つハーフで、名前は日本神話を研究していた母方の祖父によってつけれらたものらしい。

背中までの長いブロンドの髪とサファイアのような青い瞳が印象的だ。その美貌もさることながら、長身でモデルのようにスタイルがよく、ジーンズと白シャツというシンプルな服装が非常に似合う。

口調もややボーイッシュな感じで、さばさばした印象だ。

「ささ、冷めないうちに食べようじゃないか。今日のオムライスは絶品だよ」

尊さんがそう言ってお盆を僕の前に置いてくれた。本当にちょうど出来上がったところだったようで、オムライスからはほかほかと温かい湯気が立ち上っている。

「いただきます」

両手を合わせてから、まずはオムライスを口に運ぶ。

バターが香るふわとろ卵のオムライス。中は玉ねぎやウィンナーの入った素朴なケチャップライスで、下手な店で食べるよりよっぽど美味しい。

バイトに来るたび、尊さんは賄《まかな》いと称して美味しいご飯をご馳走してくれる。

時には沢山作りすぎたからとお裾《すそ》分けも持たせてくれるので、ここ一週間の僕の食生活はとても充実していた。

「美味しいか？」

尊さんが僕と隆道さんを交互に見て問う。

「美味しいです」

「ウマいよ。やっぱ尊の料理が一番だわ」

隆道さんはかなりの大食いで、二人分はありそうな特大オムライスを大きなスプーンで豪快に食べている。

尊さんは満足げに微笑み、ようやく自分も食事をはじめた。

「ね、ね、一樹。私にも一口ちょうだい」

肩を叩かれて視線を動かすと、時計の彼女は今にも涎《よだれ》を垂らしそうな様子でオムライスを見つめていた。

どういう仕組みかはわからないが、あやかしも物を食べられるらしい。

ただ、人間の食事とは違って、食べ物それ自体を食べるわけではない。じゃあ一体なにを食べているのかというとよくわからないのだけれど、時計の彼女に食べ物を差し出すと、まるで匂いを胸いっぱいに吸い込むような仕草をする。彼女が言うには、そうすることで人間と同じように味を楽しむことができるらしい。

隆道さんいわく、別に食べなくても飢《う》えはしないが、中には趣味として人間の食事を楽しむあやかしもいるのだとか。

いいあやかしが食べた物は味がよくなり、逆に悪いあやかしが食べた物は不味《まず》くなる。

というわけで、僕はオムライスを時計の彼女に差し出してからそれを自分の口に運んでいった。

「そういえば……頼みたい仕事ってなんですか」

昼食を平らげ、隆道さんが淹れてくれたお茶を飲んでいた時、ここへ来たそもそもの理由を思い出して口を開いた。

バイトとしての僕の仕事は、店内の掃除と倉庫整理などの雑用がほとんどだ。ある程度慣れてきたら骨董品——すなわち付喪神《つくもがみ》の相手も任せるとは言われているが、この一週間はとにかく頼まれた用をきっちりこなすことに全力を注《そそ》いでいた。

「ああ……忘れてた。実は新しい仕事をやってもらおうと思ってね」

隆道さんはよっこらせとソファから立ち上がると、店の奥からなにかを手にして戻って来た。

「手はじめに、こいつを洗ってほしい」

「テディベア……ですか？」

手渡されたのは、首に赤いリボンを巻いたテディベアだった。

少し汚れてはいるものの触り心地はとてもよく、円《つぶ》らな瞳がなんとも愛らしい。

「僕、ぬいぐるみなんか洗ったことありませんよ？　専門の人に頼んだ方がいいと思いますけど……」

仕事が嫌で言っているわけではない。仮にもこの店の品物であるテディベアを洗って失敗でもしたら、目も当てられないだろう。

不安に思っていたところ、尊さんが一枚の紙を差し出してきた。

「このメモ通りにやってくれれば、まず失敗することはないよ。当人も助けてくれるだろうし」

「それに、こいつはウチでしか洗えないんだよ」

隆道さんが再びソファに座りながら言う。

「どういうことですか」

「こういうことだよ」

僕の問いに答えたのは、やさぐれた少年のような声だった。

その声が僕の手元の方から聞こえたような気がして、恐る恐る目線を下ろしていくと——

「ここだよ。ウスノロ」

円《つぶ》らな瞳のテディベアと、ばっちり目が合った。

「喋った！」

その瞬間、驚きのあまりテディベアを放り投げてしまった。弧を描いて宙を舞うそれを、尊さんが見事に受け止めてくれる。

「っ、なにしやがんだ！　危ねえだろ！」

「しゃべ……そのぬいぐるみ、喋って、動いてますよ……」

尊さんの腕の中で、テディベアが抗議するように暴れている。喋って動くテディベアだなんて、映画でしか見たことがないぞ。

「そりゃ、付喪神《つくもがみ》が憑《つ》いてるから、喋って動いてもおかしくないだろうよ」

さも当然のように隆道さんは言った。

『霧原骨董店』が扱うのは、いわく憑きの骨董品。この店に所狭しと並んでいる骨董品には皆、付喪神と呼ばれるあやかしが憑いているのだ。

わかっていても、驚くものは驚く。それに、物そのものが動いて話すタイプの付喪神を見るのは初めてだった。

「そういえば付喪神って、どうやって生まれるんですか？」

「大きくは二パターンあるな。長く使い込まれた物からあやかしが生まれることもあれば、物があやかしを留めるほどの器《うつわ》を持つようになって、そこに宿ることもある。そのテディベアは物から生まれたタイプだな」

それでいくと、時計の彼女はどちらのタイプなのだろう。隆道さんに聞いてみたけれど、面倒臭そうに「その話はまた今度」とはぐらかされてしまった。

「それにしてもこのクマ、可愛いわりに口は悪いし、態度でかすぎない？」

そう言いながら時計の彼女がテディベアの頬を軽く突《つつ》くと、彼は思い切りその手を払いのけた。

「オレはヘンゼルだ。口の利き方に気をつけろ、貧乳女」

「なっ……」

初対面で毒づかれて一瞬うろたえたものの、時計の彼女は負けじとテディベア——もといヘンゼルを睨《にら》み返す。

そんな彼らを横目に、隆道さんが口を開いた。

「ちなみにそのヘンゼル、捨てても必ず持ち主のところに戻ってくるって言われてる、呪いのテディベアなんだ。精々機嫌を損ねないように気をつけてな」

「そ、んなもの……僕に任せてどうするつもりですか」

「いつも私が洗っているから大丈夫だよ。口は悪いが、悪い子ではないから。頑張ってね」

尊さんは労《ねぎら》うように僕の肩を叩いて、レジ台の椅子に腰かけて仕事をはじめた。

隆道さんは骨董品の手入れをしに、倉庫へ移動していく。

色々と突っ込みたいところはあるが、任されたからにはやるしかない。壊してしまった骨董品を弁償するためには働くしかないのだ。

腕まくりをし、気合いを入れるように頬を叩いた。

「よしっ。準備するから、色々と手伝ってもらえるか？」

尊さんのメモを手に、ヘンゼルと睨み合っている時計の彼女に問う。

「……このボログマのために働くのは癪《しゃく》だけど、一樹の頼みなら仕方ないなぁ」

時計の彼女は一瞬眉を顰《ひそ》めたものの、そう言って了承してくれた。


メモには、可愛いイラスト付きで事細かにヘンゼルの洗い方が記されていた。

まず洗う前に、ブラシで乱れた毛並みを整える。そのあと、洗剤を入れたぬるま湯に浸けて汚れを落としていくらしい。

ブラッシングは時計の彼女に任せて、その間に僕は桶《おけ》にぬるま湯を用意することにした。

霧原夫妻の居住スペースにあるキッチンでお湯を入れ、桶を応接スペースに運んでくる。

「っ……いてぇな、もっと優しくしろよ」

「もー……うるっさいわね、このボログマ。少しは静かにできないの？」

文句を言い合いながらも、やいのやいのと騒いでいる様子はどこか楽しげである。

そんな二人を横目に、ぬるま湯の中にお洒落着《しゃれぎ》用の洗濯洗剤を入れて混ぜると、少し泡立った湯船が出来上がった。

その中に、毛並みの整ったヘンゼルを入れる。

「湯加減はどんな感じだ」

「気持ちいいぜ。ちょうどいい」

ヘンゼルは桶《おけ》の枠に首を載せて、気持ちよさそうに寛《くつろ》いでいる。マッサージするように優しく揉み洗いをしてやると、透明だったお湯がみるみるうちに黒く汚れていった。

「尊姉さんほどじゃないけど、お前上手いな」

「……どうも」

ヘンゼルに褒められながら、その後何度かキッチンと応接スペースを往復してお湯を替え、洗剤を洗い流して最後に柔軟剤を混ぜた桶にヘンゼルを座らせる。

そうしている間、ヘンゼルは一言も文句を言わず、素直に僕の指示に従ってくれていた。尊さんが言っていた通り、口は悪いが、悪いヤツではないのかもしれない。

「はぁ、極楽」

ヘンゼルが湯に体を沈めると、柔軟剤のいい香りがふわりと漂《ただよ》う。まるで風呂に入ってるかのように彼はとても心地よさそうだ。

「ほら、頭にもかけるよ」

ただのぬいぐるみなら頭ごと沈めるところだが、動いて喋るヘンゼルに同じことをするのは気がとがめる。そのため、僕は小さな容器に水を汲み、少しずつかけることにした。

「ちょっと待てな……よし、来い」

お湯が目に入るのが嫌なのだろうか、ヘンゼルは一度僕を制し、手で目を覆い隠した。

あとは数分お湯に浸からせてすすぐだけだ。時間を計ろうと時計を見ると、ヘンゼルは肩まで湯に浸かりながら自分で数を数えはじめた。

「時間、計ってくれるのか」

「あ？　ああ、こうした方がわかりやすいだろ。三百くらい数えればいいかな」

「……頼むよ」

湯に浸かりながら数を数えるその姿はまるで小さな子供みたいで、可愛らしくて癖になってしまうかもしれない。

そうして三百まで数え終わったヘンゼルをすすぎ、タオルでよく拭いてやる。このあと、日当たりのいい場所で乾かすのだが……

「日の当たるところ……は、と」

「自分で行くからいいよ。ありがとな」

ヘンゼルはハンカチタオルで頭を拭きながら、自分で日当たりのいい窓際に移動した。

骨董品の並ぶ出窓に凭《もた》れかかり、さながら風呂上がりのようなすっきりとした表情で気持ちよさそうに日向ぼっこをはじめた。

その様子を見た尊さんが感心したように口を開く。

「私が洗うより上手じゃないか。次からぬいぐるみの手入れはカズキに任せようかな」

ちょうどその時、陳列棚の奥にある倉庫から隆道さんが戻ってきた。

「終わったのか、お疲れさん」

一旦休憩しようということになり、尊さんがお茶を淹れてくれた。

お湯を張った桶《おけ》を何度も運んだせいで腰がだるい。そこをとんとんと軽く叩きながら、隆道さんの向かいのソファに腰を下ろして一息ついた。

「ああ……言い忘れてた。ヘンゼル、持ち主が見つかるまでお前の担当にするからよろしくな。そいつとしっかり話し合いながら、しかるべきところに売ってやってくれ」

「は……？」

わけがわからず、ぽかんとしながら口を開けた。

まだ店のことなんてロクにわかっていないのに、いきなり販売を任されても、どうしたらいいのかわからない。

「なぁに、買い手の候補はいるから、なにも心配することたねぇよ。それに、ヘンゼルは意思疎通が取りやすいし、練習台にはちょうどいいだろ」

「な、るほど……」

この店で最も重要な仕事は、骨董品の手入れ、もとい付喪神《つくもがみ》達の相手だ。それには、以前僕を襲った付喪神達の再教育なども含まれている。

いずれ新たな持ち主が現れた時トラブルなく旅立てるよう、隆道さんも尊さんも骨董品の手入れは念入りに行《おこな》っている。しかしいかんせん量が多いので、二人でこなすのには限界があるようだ。ゆくゆくは色んな付喪神《つくもがみ》の相手をしてもらうつもりだと、バイトの初日に説明されたことを思い出す。

ただでさえ人付き合いが下手くそな僕が、いきなりあんな攻撃的な付喪神達を相手にするのは無理だ。

そう考えると、確かにヘンゼルは口こそ悪いが話は通じるし、僕の言うことも比較的聞いてくれる。新人研修にはもってこいの相手だった。

「まあ、そういうことだ。こいつが新しい持ち主のところに行けるまで、しっかり面倒見てやってくれ」

「……頑張ります」

ところが、僕達の会話を聞いていたヘンゼルが窓の外を見ながら抵抗を示す。

「オレはあいつのところに行く気はねぇって言ってるだろ、ダンナ」

「あいつ？」

「例の買い手候補だよ。いい子なのに、ヘンゼルは行きたくねぇってだだこねてんだ」

隆道さんはお茶を啜《すす》りながら僕の疑問に答えてくれる。

ヘンゼルがここまで嫌がるなんて、一体どんな人物なのか少しだけ気になった。

ヘンゼルはしばらく騒ぎ立てていたが、隆道さんに取り合う気がないことがわかるとそれ以上口を開かず、静かな時間が店内に流れる。差し込んでくる陽光が心地よくて、思わずうとうとしてしまいそうだ。

忍び寄る眠気に耐えているると、突然窓を叩く音が聞こえてびくりと体が震えた。

「ヘンゼルだ！」

窓の向こうから大きな声が響いてくる。驚いてそちらを見ると、店の外から窓に両手と額をべったりとくっつけてヘンゼルを凝視している女の子がいた。

「やべぇ……あいつ、性懲《しょうこ》りもなく……」

ヘンゼルは動きをぴたりと止めつつも、かなり焦っている様子だ。女の子がヘンゼルから目を逸《そ》らした瞬間慌てて立ち上がり、きょろきょろと辺りを見回しはじめた。

女の子は入口の方へ回ろうとしているらしく、ぱたぱたと足音が聞こえてくる。

「おい。おい、一樹。このカバン借りるぞ」

「は？　え、ちょっと」

僕の返事を待たず、ヘンゼルはリュックの中身を適当に放り出して、半乾きの状態でその中に入ろうとする。

「なにしてるんだ！　カバンが濡れるだろ！」

「うるせぇ！　オレの安全が第一だ！　オレがここにいるって絶対言うなよ！」

止めようとする僕の手を振り払い、ヘンゼルはリュックの中に体を滑り込ませると、内側から器用にチャックを閉めた。

教科書が濡れるのは非常に困る。リュックの周りに散乱した荷物を拾いながら、ヘンゼルをカバンの中から出そうとした時、店内に元気な声が響き渡った。

「ヘンゼル！」

入口から飛び込んできたのは、先程の少女。小学校低学年くらいの、ショートボブが可愛らしい女の子だ。

「やぁ、ヒナ。こんにちは」

「こんにちは！」

微笑みかける尊さんに元気に挨拶《あいさつ》を返すと、女の子はキョロキョロと店内を見回した。

「みことおねぇさん。ヘンゼルは？」

「さぁ。またどこかに隠れているんじゃないかな」

尊さんがそう答えると、女の子はレジ台の横からひょっこりと顔を覗かせて隆道さんに声をかけた。

「たかみちさんが隠したの？」

「俺がそんな面倒なことするわけないだろ」

尊さんも隆道さんも、完全にしらばっくれている。

女の子は、またぁ？と不満げに声を漏らし、肩を落とした。この様子を見る限り、ヘンゼルに逃げられたのはこれが初めてではないのだろう。

しかし彼女は諦めず、ヘンゼルの名を呼びながら骨董品が並ぶ陳列棚の間を慣れた足取りで探し回りはじめた。

心配になって彼女の姿を目で追ったが、付喪神《つくもがみ》達は彼女の侵入に騒《ざわ》めき立つこともなく、それどころか我が子を見守る親のように温かい眼差しを送っていた。

女の子に気づかれないように、そっと道を空《あ》けるものもいたくらいだ。僕の時とは違って、温かな歓迎だった。

一通り探し終わったのか、女の子は最後に応接スペースにやってくる。彼女は僕の存在に気づいて、ソファの手前ではたと立ち止まった。

「おにーちゃん、だぁれ？　お客さん？」

うるさくしてごめんなさい、と女の子は口元を押さえて頭を下げた。

「いや、僕は……えっと……」

「最近バイトに入った兄ちゃんだよ。色々教えてやってくれ」

言葉に詰まった僕の代わりに、隆道さんが説明してくれる。

「ヒナはこの店の常連客だからね。この店のすぐ隣にあるピアノ教室に通っていて、レッスンの帰りによく遊びに来てくれるんだ」

尊さんに紹介された少女は、少し誇らしげに胸を張る。こんな小さな常連客がいるなんて、なんとも意外であった。

「はじめまして、浅井陽菜《あさいひな》です！　太陽の〝陽〟に、菜の花の〝菜〟って書きます！」

「高峰一樹です。えっと……数字の〝一〟に樹木の〝樹〟って書きます」

礼儀正しく頭を下げる彼女につられて、同じように自己紹介をする。

『樹木』と例にあげてしまったが、難しくなかっただろうか。言ってから心配になるものの、陽菜ちゃんは気にせず話しかけてくる。

「ねぇ、カズキおにーちゃん。ヘンゼルっていう可愛いテディベア知らない？」

これくらいの大きさで……と身振り手振りでヘンゼルの特徴を述べる陽菜ちゃん。

聞かずとも僕はそのテディベアのことをよく知っているし、すぐ傍のリュックに隠れていることも知っている。

居所を教えてあげたい気持ちもあったが、それをすれば僕がヘンゼルになにをされるかわからない。

「……えっと、クリーニングに行ってる」

「でも、さっき窓から見えたよ。あれはヘンゼルだった」

「き、気のせいじゃないかな？　だって、今あそこにはいないだろ？　ぬいぐるみが自分でどこかに隠れるわけがないし……」

「そうだよねぇ……やっぱりヒナの気のせいか……」

陽菜ちゃんは悲しそうにがっくりと肩を落とした。その表情を見て、僕の心の中に罪悪感がじんわりと広がっていく。

ごめん陽菜ちゃん。本当はあの口が悪いテディベアはすぐそこにいるし、自分で歩けるんだ。

「ヒナ、ジュース飲んでいく？」

「ううん。これからピアノなんだ。ヘンゼルがいたと思って……入ってきちゃってごめんなさい」

陽菜ちゃんが申し訳なさそうに断ると、尊さんは残念だと言って肩を竦《すく》めた。

「またいつでも遊びにおいで。今度一緒にクッキーを作ろう」

「ほんと!? やった！ じゃあ、またね！」

陽菜ちゃんはバイバイ、と大きく手を振って店を出ていった。落ち込んだり喜んだり、感情が忙しいくらいにコロコロ変わる可愛らしい子だ。

「……ようやく帰りやがった」

陽菜ちゃんの気配が完全に消えると、ヘンゼルはリュックの中から這《は》い出してきて、疲れたように肩を回しながら溜息をついた。

「ヘンゼル。キミ、あの陽菜ちゃんって女の子のこと嫌いなの？」

「ああ。大っ嫌いだよ。子供なんて皆、大嫌いだ」

先程と同じように窓辺に移動したヘンゼルは、窓枠に凭《もた》れかかり外の景色を眺める。

しばらくして、隣の家から微《かす》かにピアノの音が聞こえてきた。

どこかで聞いたことがあるそのメロディーは、少し拙《つたな》い。もしかしたらこれは、陽菜ちゃんの音色かもしれない。

ヘンゼルはその演奏に耳を傾けているのか、曲に合わせて静かに体を揺らしている。

彼女のことを嫌っているという割にその表情は幸せそうで、どこか寂しげにも見えた。

そのあと簡単に店の掃除をして、一時間くらいで少し早めに店じまいすることになった。

尊さんに晩飯も食べていけと誘われたが、さすがに一日に二食もご馳走になるのは厚かましいと思い丁重にお断りした。

店の外に出て〝営業中〟の看板を裏返せば、僕の今日の仕事は終了だ。

早く帰ろうと自転車の鍵を開ける。ちょうどその時、隣のピアノ教室から陽菜ちゃんが出てきた。

「あ……」

「あっ、さっきのおにーちゃんだ」

ばっちり目が合ってしまったため気づかないふりをするわけにもいかず、会釈《えしゃく》をして帰路につく。

ところが、自転車を押して歩く僕の数歩後ろを、陽菜ちゃんがついてくる。どうやら向かう方向が一緒らしい。

まったく知らない相手ならば気にしないのだが、顔を知ってしまったためどうにも気まずい。

「ちょっと、一樹。方向が同じなんだから、一緒に帰りなさいよ。女の子ひとりで帰すなんて、危ないじゃない」

時計の彼女が不服そうな顔をして現れ、肘で小突いてくる。

確かに辺りは薄暗くなりかけているし、もしなにかあったら寝覚めが悪い。時計の彼女も心配してわざわざ姿を現したのだろう。足を止めて後ろを振り返ると、陽菜ちゃんは不思議そうに僕を見上げた。

「……一緒に、帰る?」

こんなふうに誰かを誘うなんて初めての経験だった。

陽菜ちゃんは驚いたように目を丸くして僕を見つめる。ああ、これは完全に不審者扱いされているに違いない。

ところが陽菜ちゃんは嬉しそうに満面の笑みを浮かべて、僕の隣に駆け寄ってきた。

「うん、いいよ！」

なんというか、とても明るい子だ。名は体を表すと言うが、陽菜ちゃんの周りには太陽のようにぽかぽかと明るい気が流れている。こんなに温かな陽の気をまとうこの子は、悪いものを寄せつけることはないだろう。こんな子もいるのだな、と感心しながら陽菜ちゃんの隣を歩く。

僕は道路側、陽菜ちゃんは歩道側。それを見守るように、時計の彼女がにやつきながら少し後ろからついてくる。僕としてはちょっと不思議な状況だった。

「ねぇねぇ、おにーちゃん。ヘンゼルはいつクリーニングから帰ってくるの？」

「……ちょっと、わからないな」

「そっかあ……」

並んで歩きはじめたのはいいとして、先程からまったく話が続かない。

陽菜ちゃんが投げてくれたボールを、僕が上手く投げ返せずにいるせいだ。

けれど陽菜ちゃんは微妙な沈黙が流れても、また質問を投げかけてくれる。口下手な大学生相手に気を遣ってくれているのが痛いほど伝わってきて申し訳なく思えてきた。

気の利いた話題をふりなさい、と時計の彼女が目を吊り上げて言ってくるが、ただでさえ他人と接するのが苦手な僕が、小学生の女の子が好きそうな話題をそう簡単に思いつけるわけがない。

しかし小学生に気を遣わせ続けてもいられず、共通の話題を必死に探した。

「……あの、さ」

「なぁに？」

俯《うつむ》きがちに歩いていた陽菜ちゃんはぱっと顔を上げて僕を見た。どんな時も人の目を見て会話する、本当によくできた女の子だ。

「陽菜ちゃんはどうしてそんなにヘンゼルに会いたいの？　新しくて可愛いテディベアは、他にもいっぱいあるんじゃない？」

「んーとね。ヘンゼルがね、ヒナが落ち込んでる時に、頑張れって言ってくれたからなの」

陽菜ちゃんは嬉しそうに顔を綻《ほころ》ばせながら、言葉を続けた。

「ヒナね、毎週月曜日にお店の隣にあるピアノ教室で、ピアノを習ってるんだ。それでね、あのお店の前を通った時にヘンゼルを見つけたの。気持ちよさそうに日向ぼっこしてて、とっても可愛かったんだぁ」

「確かに、見た目は可愛いよな」

同意すると、陽菜ちゃんはまるで自分が褒められたかのように嬉しそうに満面の笑みを浮かべた。

「それでね、それでね。ヒナはね、その時あんまりピアノに行きたくなくて、ヘンゼルのことじーっと見てたの」

「どうして行きたくなかったの？」

「ヒナね、他の子みたいにピアノ上手じゃないの。一年くらい前に初めての発表会があったんだけど……皆、難しい曲を上手に弾いてるのに、ヒナは下手くそだったんだ。先生ははじめたばかりだから、これからどんどん上手くなるよって言ってたけど……そうは思えなくて……。そしたらね、ヘンゼルが〝お前のピアノ嫌いじゃないから、頑張れ〟って応援してくれたの！」

「……ヘンゼルの声が、聞こえたの？」

僕が驚いて恐る恐る尋ねると、陽菜ちゃんは泣きそうな顔で声を荒らげた。

「そう。嘘じゃないよ。本当だよ！　皆、ぬいぐるみが喋るわけないってバカにするけど……絶対聞こえたんだもん！」

当然、僕はぬいぐるみが喋ったという話に驚いたわけではない。陽菜ちゃんにヘンゼルの声が聞こえていたことに驚いたのだ。

隆道さんも尊さんもあやかしが見える人達なので店にいると忘れそうになるが、付《つく》喪神《もがみ》であるヘンゼルの声は、当然普通の人に聞こえることはない。

陽菜ちゃんには店にいた他の付喪神達は見えていないようだったから、ヘンゼルの声だけ聞こえたというのは不思議な話だ。

けれど陽菜ちゃんは、僕が彼女の話を信じていないと感じたのか、話したことを後悔するように俯《うつむ》いてしまった。

なんとか誤解を解けないかと思いながら、ふと、先程窓辺でピアノの音を聞いていたヘンゼルの姿を思い出した。

「さっきピアノを弾いてたのって……陽菜ちゃんだよね？」

すると陽菜ちゃんは恥ずかしそうにこくりと頷いた。

「ウチの店、入口の戸を開けっ放しにしているから、ピアノの音がよく聞こえるんだ。きっとヘンゼルは陽菜ちゃんのピアノを前から聞いていて、ずっと応援してたんじゃないのかな」

「ヒナの話、信じてくれるの？」

陽菜ちゃんと目を合わせてゆっくりと頷くと、悲しみに暮れていた彼女の表情がぱあっと明るくなった。

「あのね、ヒナ次の日曜日にある発表会でバッハの『メヌエット』を弾くの」

陽菜ちゃんはそう言って僕に発表会のプログラムを手渡した。

「ヘンゼルに聞いてほしくて、お小遣いを沢山貯めたんだよ。そのお金でヘンゼルを売ってもらうの。でもね……最近お店に行っても全然ヘンゼルに会えないから、お迎えにいけないいんだぁ」

陽菜ちゃんはしょんぼりと肩を落とした。

彼女がヘンゼルを探していたのはこのためだったのか。

隆道さんが言っていたヘンゼルの買い手候補とは、彼女のことで間違いないだろう。

「演奏、聞いてもらえるといいね」

「うんっ！　だから、ヘンゼルが戻ってきたらすぐ教えてねっ！」

彼女が持っている楽譜入れには、オレンジ色の小さなテディベアのキーホルダーがついている。それは随分古そうな物だったが、丁寧に手入れされているようだった。

——彼女なら、きっとヘンゼルを大切にしてくれるだろうに。

こんなに温かく、優しい女の子のところに行くことを、何故ヘンゼルは頑《かたく》なに拒んでいるのだろう。不思議でならない。

そんなことを思っていると、陽菜ちゃんが坂の途中にある一軒の家の前で足を止めた。

「ヒナのお家ここなの！　一緒に帰ってくれてありがとう、おにーちゃん」

「またね、陽菜ちゃん」

「うん。ばいばい、おにーちゃん！」

陽菜ちゃんは手を振ると、ただいまーと元気に家の中に入っていった。

彼女がいなくなった途端、なんだか妙に静かになった気がした。

「お互い見事にすれ違ってる感じだよね」

時計の彼女が、そっと僕に話しかけてくる。

「なにが？」

「陽菜ちゃんの想いと、あのボログマの想い」

「どういうことだ？　あの子はヘンゼルを好いているかもしれないけど、ヘンゼルはあの子のことが嫌いだろう」

首を傾《かし》げる僕に、彼女はわかってないなぁと呆れたように笑った。

「陽菜ちゃんの想いは私みたいにまっすぐだけど、あのボログマは相当ねじ曲がってるってことだよ」

彼女はそう言ってすべてを悟ったように笑う。

けれど彼女が言わんとしていることが僕には理解できず、小さく首を傾げながら自転車を押し、アパートへの道をたどった。

＊

それから数日。依然としてヘンゼルは陽菜ちゃんを避け続けていた。

しかしヘンゼルを発表会に連れていきたい陽菜ちゃんも負けていない。あれからというもの、彼女はピアノのレッスンがない日も店を訪れている。

そんな攻防戦が続いていた金曜日の午後、大学の講義室でリュックを開けた僕は唖《あ》然《ぜん》として口を開いた。

「……お前、なんでそこにいるんだ」

リュックの中では、ヘンゼルが我が物顔で居座っていた。

「これ以上あの店にいたら、ヒナに見つかっちまうだろ。大丈夫、ダンナも了承済みだ」

「だからって僕のカバンに隠れるな！」

ここが講義室だということも忘れて、反射的に声を上げてしまった。

周囲から好奇の目が僕に向けられる。かあっと顔に熱が集まってくるのを感じながら、僕は席に座って俯《うつむ》いた。

店では普通にあやかし達と話をしているから、つい癖が出てしまったのだ。折角時計の彼女が気を遣って姿を隠してくれているというのに、なんという失態だ。

「楽しそうね」

後ろからそんな声が聞こえた瞬間、顔に集まっていた熱がさっと引いて、今度は背中に冷や汗が伝うのを感じた。

「こんにちは」

声をかけてきたのは、この間僕の懐中時計を拾ってくれた女子学生だった。

僕のひとつ後ろの席に座っている彼女からは、カバンの中に隠れているヘンゼルの姿が見えているに違いない。

彼女には、僕がぬいぐるみに向かって怒鳴っていたように見えたことだろう。

「可愛いテディベアね。君のなの？」

「い、いや……バイト先の物なんだけど、気づいたら入ってて……あまりにも驚いたものだから」

苦しすぎる言い訳をすると、彼女は怪しむこともなく、それはびっくりだねとくすくす笑った。

「ねぇ、よかったらそれ、触らせて？」

彼女の申し出に、恐る恐るヘンゼルをうかがうと、あろうことか彼は即頷いた。

あれだけ陽菜ちゃんを避けていたというのに、彼女ならいいのか。なんてヤツだ。

「……ど、どうぞ」

僕はカバンの中からヘンゼルを取り出して、彼女に手渡した。

あまり周りに見えるようにはしてほしくなかったのだが、彼女は堂々とヘンゼルを机の上に置きながら撫でている。

「ふわふわでいい匂い……それに、とっても気持ちいい」

「洗ったばかりだから」

彼女が気持ちよさそうに触るのを見ていると、僕も苦労して洗った甲斐があったなと嬉しくなった。一方のヘンゼルは、女の子に撫でられて満更でもない様子だ。どことなく気持ちよさそうに、大人しくただのぬいぐるみのふりをしている。

「ぬいぐるみ屋さんでバイトしているの？」

「い、いや……骨董店で……」

「そうなんだ。あっ、そういえば、この間名前を言わなかったね。私は宮藤渚《くどうなぎさ》」

「……高峰、一樹」

「よろしくね、高峰君」

宮藤さんはヘンゼルをこちらに向け、その頭をぺこりと下げるように動かして微笑んだ。

女の子がぬいぐるみを持つと、こうも可愛らしくなるものなのか。

「君はきっと、君のことを大切にしてくれる人のところへ行けるね」

宮藤さんはまるでヘンゼルに話しかけるように、優しく彼の頭を撫でながら呟いた。

「触らせてくれてありがとう」

満足そうに言って、宮藤さんはヘンゼルを返してくれた。

無言で頷きながらそれを受け取って宮藤さんに背を向ける。

「お前の恋人か」

直球で尋ねてきたヘンゼルに、小さく首を横に振った。

懐中時計を拾ってもらって、一度話したことがあるだけだ。恋人どころか、友人でもない。たった今、名前を知った程度の関係だ。

ヘンゼルは他にもなにか言いたげな様子だったが、気づかないふりをして彼をカバンの中にしまった。

それからすぐに授業が始まり、僕は真後ろに座る宮藤さんの気配を感じながら九十分を過ごしたのだった。

*

夕方、授業が終わった僕は、ヘンゼルを店に送り届けるために自転車を漕《こ》いでいた。たまには外の景色を見たいとヘンゼルがだだをこねるものだから、リュックを少しだけ開けて背負い、彼はその隙間から頭をひょっこりと出している。

「ねぇ、いい加減陽菜ちゃんに会ってあげたら?」

自転車の後ろに腰かけた時計の彼女がヘンゼルに言う。

僕が自転車に乗っている時、時計の彼女は周囲に『人がいない』と判断しているらしく、こうやってよく姿を現す。

そんな彼女に向かって、ヘンゼルはふんっと鼻を鳴らして言った。

「やだね」

「優しそうな子じゃない。乱暴に扱われたりはしないと思うんだけど」

「絶対に嫌だね」

彼女がいくら言っても、ヘンゼルは首を横に振り続けた。

何故そんなにも頑《かたく》なに嫌がるのか納得がいかず、とうとう僕も口を開いてしまう。

「なんでだ。店に閉じこもっているより、大切にしてくれる子のところにいる方がいいんじゃないのか？」

「ばぁか。だからこそ、行きたくないんだよ」

流れていく景色を見ながら、ヘンゼルはどこか寂しそうに声を漏らした。

彼の言っている意味がよくわからず、僕は首を傾《かし》げる。

「お前もオレと同じだろう」

するとヘンゼルがぽつりと呟くように言う。

「どういうことだよ」

「今日、あんなに沢山の人間がいるところで、お前はほとんどずっとひとりだった。話しかけられても、必要以上に話を続けない。そうやって自分で人と距離を取ってるんだろ？　なんか、オレよりもずっと寂しそうだ」

「寂しそう……？」

僕は寂しいのだろうか。

ひとりでいるのは、僕にとっては当たり前のことだった。逆に『霧原骨董店』でバイトをはじめてからが騒がしすぎるのだ。

「お前、どんだけ感覚麻痺してんだよ」

呆れたような声がして、肩を思い切り小突かれた。彼は柔らかいテディベアだが、力を込められるとなかなかに威力がある。

「痛い」

「痛くしてんだよ、ばぁか」

「ボログマなりに慰《なぐさ》めてるつもりってこと？　なら、私も……」

ヘンゼルは僕の肩を執拗《しつよう》に何度も小突き、時計の彼女は僕の頭を撫で回した。

彼女が僕の頭をぼさぼさにしても、周りの人には風で髪が乱れているようにしか見えないだろう。

二人の付喪神《つくもがみ》に乱暴されながら、僕は往来のど真ん中で思わず笑ってしまった。通行人達から注《そそ》がれる視線も気にならないほど、なんだかとてもおかしかったのだ。

「あ！　おにーちゃん！」

ふと聞き覚えのある声が聞こえて辺りを見回すと、車道を挟んだ向こう側の歩道で、学校帰りの陽菜ちゃんが大きく手を振っていた。

慌てて自転車を止めて、陽菜ちゃんに手を振り返す。

「あ、ヘンゼルも一緒だ！」

僕のリュックから顔を出していたヘンゼルを見つけたのだろう。大きな目をこれでもかと見開いて、飛び跳ねながらぶんぶんと両手で手を振る。

「ヘンゼル！　やっと見つけた！」

陽菜ちゃんはそう叫んで、脇目も振らずに一直線にこちらへ駆け出してきた。

「陽菜ちゃ――！」

いきなり道路に飛び出した彼女に、車道を走っていた車がけたたましいクラクションを響かせた。

目の前の光景が、スローモーションに見える。

何故こういう時、人間は動くことができないのだろう。周りの人間はその場に立ち尽くし、悲鳴を上げる。

陽菜ちゃんはクラクションの音に驚いて立ち止まり、迫ってくる車の方を呆然と見つめた。

誰しもが最悪の事態を覚悟した瞬間、小さななにかが陽菜ちゃんを凄まじい力で押し倒した。その直後、車が彼女のいた場所を通り過ぎ、急停止する。

周囲から安堵の溜息が聞こえてくる。その場にいた人間は、陽菜ちゃんが咄嗟《とっさ》に車を避けたように思ったらしい。

しかし、僕の目は確かに見ていた。身を挺《てい》して陽菜ちゃんを庇《かば》った、テディベアの姿を。

そして陽菜ちゃんも、その光景をはっきりと見ていたに違いない。彼女は道路の真ん中に向かって手を伸ばし、泣き叫んでいた。

陽菜ちゃんの視線の先にあるのは、手足がちぎれ、中綿が飛び出して見るも無残な姿になったヘンゼル。

車を路肩に寄せた運転手が降りてきて、陽菜ちゃんのもとに駆け寄っていくのをぼんやりと眺めながら、僕はなにもできず立ち尽くしていた。

✽

『あなたの名前はヘンゼルね！　今日からずーっと一緒だよ！　ヘンゼル！』

そう言ってとびきりの笑みを浮かべた女の子——多分それが、オレの最初の記憶だ。

抱きしめる力が強くて苦しいけれど、胸いっぱいに温かさが広がって、これが幸せというものなのだと理解した。

彼女がオレを好いてくれているように、オレも彼女のことが大好きだった。

遊ぶ時も、寝る時も、ご飯の時だって、オレ達はずっと一緒。いつまでも変わらず、一緒にいられると思っていた。

けれど時は流れ、子供だった女の子はいつの間にか出会った頃より随分大きくなった。

彼女が大きくなるにつれ一緒に過ごす時間はめっきり減って、部屋にひとり取り残される日々。

自分の上に埃《ほこり》が積もっていくのを感じながら、大きくなった子供とは一緒に過ごせないのだと知ったのだ。

それでも、オレは彼女にまた抱きしめられる日が来ることを信じていた。

けれど待てど暮らせどそんな日は来ず、とうとうオレはビニール袋に詰め込まれ、捨てられることになった。冷たい雨が降る、とても寒い日のことだった。

ずっと一緒だと、言ったじゃないか。

大好きだと、抱きしめてくれたじゃないか。

だというのに、さよならも言わずに終わりだなんて、あんまりだ。

せめて別れる前に、もう一度抱きしめてほしかった。

オレは必死にビニール袋を破って、土砂降りの雨の中をずぶ濡れになりながら彼女のもとに帰った。

もう一度あの子に会えば、また抱きしめてくれるような気がしていたのだ。

しかしそんなオレに降りかかったのは、拒絶の一言だった。

「確かに捨てたはずなのに！　気味悪い！」

彼女が浮かべたのは、オレが想像していたような満面の笑みではなく、怯《おび》えきった表情。

違う。そんな顔をさせるつもりじゃなかったんだ。怖がらせるつもりはなかったんだ。

しかしそれらの言葉は彼女には届かず、オレは窓から投げ捨てられた。

彼女のもとにはもう、戻ることはできなかった。

それからオレは、色々な子供のところを転々とした。

そのたびに子供は笑顔でオレを抱きしめてくれた。

そうされると嬉しくて、離れたくなくて、ずっと傍にいてほしいとその胸に縋《すが》りついた。

しかしどれほど願っても、別れは必ずやってきた。

「呪いのテディベアよ……」

「捨てても捨てても戻ってくる」

違うんだ。呪うつもりなんかないんだ。恨んではいないんだ。

オレは、お前達のことが大好きなだけなんだ。

ただ別れる前にもう一度、昔のように抱きしめて、大好きだと言ってほしかっただけなんだ。

けれど、どれほどいい持ち主に出会っても、結局最後には捨てられる。

そのことを理解した頃、オレは『霧原骨董店』に流れ着いた。

オレはもう誰のもとにも行きたくない。

いずれ来るとわかっている別れに、もう耐えられないと思った。

ある日、尊姉さんに洗ってもらったあと、いつものように窓際で日向ぼっこをしていると、落ち込んだ様子の小学生の女の子と目が合った。

「ピアノ、行きたくないなぁ」

彼女が持っている手作りの手提げカバンからのぞいているのは、ピアノの教本。

ああ、あの下手くそなピアノは、こいつが弾いていたのか。

他の日に聞こえてくる音とは違い、毎週月曜日のこの時間帯に聞こえてくる音は、稚拙《ちせつ》で不安定で、聞いてるこっちが心配になってしまうほどヘタクソだった。

けれど、少しずつ上達していく演奏を聞いているのは嫌いじゃなかった。

「頑張れよ。オレ、お前のピアノ嫌いじゃないぜ」

その一言が、こいつに聞こえるはずはない。

でも、彼女はその途端ぱっと顔を上げてこちらを見た。

それからしばらくして、あいつはしつこいほどオレに会いに来るようになった。

「ねぇ、ヘンゼル。私のところにおいでよ！」

悪いけど、オレはお前のもとに行く気は微塵《みじん》もない。

早くどっか行けよ。オレじゃなくても、他に可愛いぬいぐるみはあるはずだ。

そう思って徹底的に避けていたのに、あいつが車に轢《ひ》かれそうになっているのを見た時、体が勝手に動いた。

タイヤに巻き込まれ、手足が引きちぎられる感覚を味わいながら、呆然とこちらを見るヒナの姿が視界に映った。

あいつがオレのことを好きでいてくれるうちに、こうして彼女を守って消えるなら、それはそれでいいのかもしれない。

＊

「おはよう。やっと起きたわね、ボログマ」

『霧原骨董店』の応接スペースのソファの上でゆっくりと動き出したヘンゼルに、時計の彼女が声をかけた。さっきまで散々心配していたというのに、目を覚ました途端、酷い言いようだ。

「……オレは、死んだんじゃないのか」

体を起こしながら言うヘンゼルを見て、隆道さんがほっとしたように溜息をつく。

「付喪神《つくもがみ》はそう簡単に死なねぇよ」

「かなり破けていたから、私が縫《ぬ》わせてもらった。素人《しろうと》仕事だから違和感があるかもしれないけれど……馴染《なじ》むまで少し辛抱して」

尊さんもかなり心配していたようで、安心したように微笑んだ。

あのあと、陽菜ちゃんは道路に落ちたヘンゼルの手足や綿を必死で拾い集め、僕と一緒に『霧原骨董店』に駆け込んだ。

尊さんがすぐに裁縫《さいほう》セットを用意し、ヘンゼルの体を縫い合わせてくれた。

彼女は料理だけでなく裁縫も得意なようで、目も当てられない状態だったヘンゼルは、多少縫い目は目立つもののほぼ元通りになっている。

しかし体の中に入った真新しい綿の感覚に慣れないのか、ヘンゼルはむず痒《がゆ》そうな表情を浮かべながら動きを確かめるように腕をぐるりと回した。

「ヒナはどうなった」

「軽いかすり傷を負ったみたいだけど、無事だよ。今はお母さんと一応病院に行ってる」

「そうか……」

尊さんから陽菜ちゃんの無事を聞いて、ようやくヘンゼルはほっとしたように呟いた。

「どうした一樹。ひっでぇ顔してるぞ」

ヘンゼルと目が合うと、彼は心配そうに僕の顔をのぞき込んでくる。

「……どうして、陽菜ちゃんを助けたんだ」

あの時、なにもできなかった僕の横から、ヘンゼルはいち早く飛び出していった。

あんなに逃げ回っていたというのに、どうして自分の身もかえりみず車道に飛び込むことができたのだろうか。

「陽菜ちゃんのこと、あれだけ避けてただろ。どうしてそんな相手を助けられるんだ」

考えれば考えるほど、ヘンゼルが陽菜ちゃんを庇《かば》った理由がわからなくて混乱してしまう。

淡々と吐き出した僕の言葉を、ヘンゼルはしばらく黙って聞いていた。

「……オレがヒナを避けてたのは、別れが怖かったからだよ」

そうして円《つぶ》らな瞳で僕を見上げながら、彼はぽつりぽつりと本心を吐露《とろ》しはじめた。

「確かにヒナのところに行けば、今は可愛がってくれるかもしれねぇよ。でも、ぬいぐるみをいつまでも大切に持つ子供なんていない。オレがどれだけ望んでも、遅かれ早かれ必ず別れは来るんだ。もう裏切られるのは嫌なんだよ」

「お前は……自分を捨てた持ち主を呪ってたんじゃなかったのか」

「オレはただ、持ち主との別れが受け入れられなかっただけだ。寂しくて、ついつい持ち主のもとに戻っていたら……怯《おび》えられて、いつの間にか『呪いのテディベア』なんて呼ばれるようになっちまってた。まぁ、今は誰かのもとに行く気もないから、好都合だけどな」

吹っ切れたようにけらけらと笑うヘンゼルに、時計の彼女が静かに口を開く。

「私達がいくら持ち主に尽くしても、想っても、相手には通じないからね。勝手に欲しがって、勝手に飽きて。私達が縋《すが》りつけば気味悪がって――人って本当に自分勝手よね」

ヘンゼルはそれを聞いて、遠くを見つめながら悲しそうに頷いた。

どれだけの数の人間のもとに行って、どれだけの数の別れを繰り返してきたのか。

ヘンゼルの表情を見れば、その苦しさや悲しさが痛いほど伝わってきた。

「それでも……目の前でヒナが傷つくの、黙って見てられなかったんだ。ったく、オレも詰めがあめぇよなぁ」

ヘンゼルがこうして笑えるようになるのに、どれくらいの時間がかかったのだろう。

「おいおい今のは笑うところだぞ。ったく……んな、泣きそうな顔するなって」

「そんな顔、してるのか……」

困惑する僕を、ヘンゼルは苦笑しながら軽く小突いた。

その時、目を真っ赤にした陽菜ちゃんが店に飛び込んできた。

「ヘンゼル！」

ソファに座るヘンゼルに目を移した瞬間、凄い勢いで彼を抱き上げる。そして涙を流しながら、彼の名を呼び強く強く抱きしめた。

「ヘンゼル……！　さっき助けてくれたの、ヘンゼルだよね。ありがとう」

陽菜ちゃんに抱きしめられたヘンゼルは、照れ臭そうに彼女の腕の中でそっぽを向いた。

「あのね、ヒナね、ヘンゼルが頑張れって言ってくれたから、ピアノ、一生懸命練習したんだよ。日曜日に発表会があるから、少しでいいからヘンゼルに聞いてほしかったんだ」

まるで本当にヘンゼルと話しているかのように、陽菜ちゃんは本心を告げた。

そうして彼女はもう一度ぎゅうっとヘンゼルを強く抱きしめると、ソファの背凭《もた》れに優しく凭れさせた。

「だけど、ヒナのせいでこんな大怪我しちゃって……もうヒナには会いたくないよね。……ヘンゼル、お大事にね。ばいばい」

陽菜ちゃんは悲しそうに笑って、僕が呼び止める間もなく店を出ていった。

まるで二度とヘンゼルには会えないと思っているかのようで、とぼとぼと歩く背中はどこか悲しげだ。いつもの陽気な雰囲気は微塵《みじん》も感じられなかった。

「ボログマ、あの子行っちゃったわよ」

「これでよかったんだよ。オレじゃなくても、いつかあいつにはいい相棒が見つかるさ」

ヘンゼルは遠ざかる陽菜ちゃんの背中を、窓から寂しそうに眺めていた。

「陽菜ちゃん、お前に聞かせたくてピアノを練習したって言ってたよ」

「……オレは、行きたくねぇ」

ヘンゼルの話を聞いて、彼が陽菜ちゃんを想っていることはよくわかった。

だけど別に彼女の物にならずとも、せめて発表会くらい行けばいいではないか。だというのに、この頑固者は決して首を縦に振らなかった。

「ああ、ちなみにヘンゼル。これ以上お前をここに置いておくことはできないからな。一樹が他に貰い手を見つけられなかったら、お前は寺で焚き上げる」

隆道さんの言葉に、ヘンゼルが物凄い勢いで振り返った。

「……は？」

「当たり前だろ。あんだけ破れて、おまけに修理は素人《しろうと》仕事だ。お前はもともと高価な物でもないからなぁ……金にならない物をいつまでも置いておくわけにもいかねぇ。まぁ……こんなボログマでも貰ってくれる相手がいるってなら、話は別だけどな」

挑発するように隆道さんはヘンゼルを見た。

「……ダンナもオレを追い出すのか」

「俺の考えは今言った通りだ。ただヘンゼルの今の担当は一樹だからな。なんとかしてほしかったら一樹に頼め。もう少しましな行き先を見つけてきてくれるだろうよ」

恨めしげに睨《にら》みつけるヘンゼルの視線を無視して、隆道さんは僕の肩に手を置いた。

「あとはお前に任せる」

ヘンゼルに聞こえないように僕の耳元でそう言って、隆道さんはなにかを企んでいるかのように妖《あや》しい笑みを浮かべたのであった。

＊

日曜日——結局ヘンゼルをどうするか決められないまま、ピアノの発表会当日を迎えてしまった。

今日は朝一番からバイトで、店内の掃除に励んでいる。だが、相変わらず客が来る気配はまったくない。

陽菜ちゃんはこの一週間毎日姿を見せていたのに、昨日は店に現れなかった。

元気よく逃げ回っていたヘンゼルも、昨日からずっと窓辺に凭《もた》れかかりながら気だるげに外を眺めている。

「陽菜ちゃんの発表会、もうそろそろ始まりますね」

僕は以前、陽菜ちゃんから貰った発表会のプログラムを手に取った。

発表会は近くの市民ホールで行《おこな》われるようで、時間は十時から正午まで。陽菜ちゃんの出番はちょうど中盤で、十一時頃になるだろうか。

「ヒナが弾くのは『メヌエット』だったか？」

「そうだよ。行けるなら私も行きたいんだが、店番があるからなぁ……」

隆道さんと尊さんがわざとらしくヘンゼルに聞こえるように言う。

陽菜ちゃんの名前を出すたび、ヘンゼルの耳がぴくりぴくりと動いていることには全員が気づいていた。

「……オレは行かねぇからな」

「もう、このボログマ！　さっさと素直になればいいのに！」

時計の彼女が散々誘いをかけても、ヘンゼルはそっぽを向き続けるばかりだ。完全に意固地になってしまっているようだった。

僕はわざと大きく溜息をつくと、ヘンゼルの首根っこを掴み上げてリュックの中に放り込んだ。

「なにしやがんだ！」

ヘンゼルの反論を一切無視して、リュックを背負う。

「ちょっと出かけてきてもいいですか？」

「いいけど、どこ行くんだ」

隆道さんが訝《いぶか》しげな顔をして僕を見つめた。

「陽菜ちゃんの望みを叶えに行ってきます」

「ナイス一樹！　早く行こう！」

時計の彼女が手を叩いてぱっと表情を明るくする。

僕は隆道さんの返事も聞かずに彼女と一緒に店を飛び出した。

時刻はもうすぐ十時になろうとしていた。会場まで自転車を飛ばせば、なんとか陽菜ちゃんの出番には間に合うだろう。

「おい、オレは行かねぇって言ったろ！」

「今だけは僕の好きにさせてもらう！　あとはお前が決めろ！」

そう叫んで僕はペダルを漕《こ》ぎ出した。

これが正しいことかはわからないし、ひょっとしたらヘンゼルに恨まれることになるかもしれない。

けれど頭の中に浮かぶのは、陽菜ちゃんの寂しげな背中だった。太陽のような彼女を、僕はこれ以上悲しませたくなかった。

隆道さんはヘンゼルを僕に任せると言ったのだ。ならば、好きにさせてもらおうじゃないか。

＊

発表会が行《おこな》われている市民ホールへ到着する頃には、散々騒いでいたヘンゼルも観念したのか静かになっていた。

受付の人に案内された会場は小さいながらも本格的な音楽ホールで、観覧席にはお洒落《しゃれ》なドレスやスーツに身を包んだ子供達と保護者が仲よく座っている。

ちょうど誰かの演奏がはじまったところで、邪魔をしないように静かに一番後ろの席に座った。

音を立てないようにヘンゼルを取り出し、隣の席に座らせる。それから周囲を確認して、時計の彼女に姿を現すよう合図した。

「……ったく、なんでオレがこんなところに」

「気になってたくせに」

姿を見せた時計の彼女に突《つつ》かれると、ヘンゼルは腕を組んで不貞腐《ふてくさ》れたように鼻を鳴らした。

「……ふんっ」

そうしてしばらく他の子の演奏に耳を傾け、数人の演奏のあとようやく陽菜ちゃんの名前が呼ばれた。

「ボログマ！　次が陽菜ちゃんの番みたいよ！」

時計の彼女は興奮気味にヘンゼルの肩を叩きながら言った。

拍手に包まれつつ、オレンジ色のドレスに身を包んだ陽菜ちゃんがステージの中央にやってきた。緊張のせいかその表情はどこか硬く、不安げに客席を見回している。

それを見た僕は同じ列に座る人達から向けられる視線も気にせず、ヘンゼルを頭上まで高々と持ち上げた。

陽菜ちゃんが気づいてくれるか自信はなかったが、彼女はすぐに僕に気づいて嬉しそうに笑った。

先程まで暗かった雰囲気が、ぱあっと華やぐのが見て取れた。

それから客席に向けて一礼し、ゆっくりと椅子に座った陽菜ちゃん。背筋はピンと伸び、ピアノに手を伸ばすその表情は自信に満ち溢《あふ》れていた。

演奏曲はバッハ作曲の『メヌエット』。誰もが一度は聞いたことのある有名な曲だ。

陽菜ちゃんの演奏は他の子に比べると、確かに拙《つたな》いものだった。しかし心からピアノを楽しんでいるのが伝わってきて、音がきらきらと輝いているように聞こえた。

陽菜ちゃんが奏でる音は会場全体を包み込み、観客達は皆、彼女を温かい眼差しで見守っている。

ちらりと横を見ると、あれだけ不貞腐れていたヘンゼルも音色に身を委《ゆだ》ね、心地よさそうに体を揺らして聞き入っていた。

ヘンゼルを連れてきてよかった。そう思いながら、僕は時計の彼女と目を合わせて微笑み合った。


「おにーちゃん！　ヘンゼル連れてきてくれたんだね！」

演奏が終わって店に帰ろうとしていると、陽菜ちゃんがこちらに駆け寄ってきた。

「あ、その……とても素敵な演奏、だったよ」

ぎこちなく感想を述べると、陽菜ちゃんは照れ臭そうに微笑んだ。

その後ろから彼女の両親がやってきて、僕を見るなり深々と頭を下げた。

「お礼をするのが遅くなって申し訳ありません。この間は娘が危ないところを救ってくださりありがとうございました」

「いや……僕は……」

どうやら陽菜ちゃんの両親は、僕が陽菜ちゃんを事故から救ったと思っているようだ。

本当はぬいぐるみが陽菜ちゃんを庇《かば》ったのだとは言えず、僕はしどろもどろになる。

「じゃあ陽菜、行こうか」

「あ……うん。じゃあばいばい、おにーちゃん。ヘンゼル」

父親に手を引かれ、陽菜ちゃんはその場を去って行く。

こちらを振り向いて手を振っている陽菜ちゃんは、寂しそうにヘンゼルを見つめていた。このまま二人を別れさせてしまってもいいのだろうか。

「一樹。言いたいことがあるなら言った方がいいよ」

悩んでいると、時計の彼女がとん、と僕の背中を押した。

「ひ、陽菜、ちゃん」

体勢を崩し、一歩足を踏み出した反動で思わず彼女を呼び止めてしまった。

陽菜ちゃんは足を止め、父親の手を離してこちらに戻ってきてくれる。

「なぁに？　おにーちゃん」

こうなったら、なにか言わなければならない。けれどなにを伝えるのが、彼らにとって一番いいことなのだろうか。

迷いながら口を開けば、出てきたのは自分でも思ってもみなかった言葉だ。

「えっと、よかったらなんだけど……ヘンゼルを貰ってくれないかな」

僕がヘンゼルを差し出すと、当然彼はぎょっとして、陽菜ちゃんも驚いたように目を瞬《しばた》かせた。

「え……でも。ヒナ、今お金持ってないよ？」

「この間のことがあって、もう売り物にはならないから……もしこんなボロボロの姿でも貰ってくれる人がいたら、その人に渡したいんだ」

「え、いいの？　ヒナ、ほんとはね、ヘンゼルと一緒にいたかったの」

期待に目を輝かせる陽菜ちゃんを、僕はまっすぐ見つめてゆっくりと頷いた。

陽菜ちゃんの手に渡ったヘンゼルは、冗談じゃねぇ、と思い切りこちらを睨《にら》みつけてくる。だが、もう知ったことか。陽菜ちゃんを見習って、お前も少しは素直になれ。

「でもね。ひとつだけお願いがあるんだ」

「なぁに?」

「陽菜ちゃんは、ヘンゼルのことが好き?」

すると陽菜ちゃんはなんの迷いもなく、大好き、と満面の笑みを浮かべて頷いた。

「それなら、ヘンゼルに大好きだって想いを沢山、沢山、伝えてほしいんだ」

僕の言葉を聞いてヘンゼルが驚きに目を丸くする。

一緒に帰ったあの日、陽菜ちゃんの想いを聞いた。

いつか訪れる別れを恐れているという、ヘンゼルの想いも聞いた。

そんな二人の想いを知っている僕ができるのは、彼らが少しでも長く一緒に過ごせるようにと祈ることだけ。

「ヘンゼルも陽菜ちゃんのことが大好きだ。きっと陽菜ちゃんが大人になっても、ずっとずっと陽菜ちゃんのことを忘れないし、陽菜ちゃんのことを大好きなままだと思う。だから、どうかヘンゼルのことを大切にしてあげてほしい。できることなら

ずっと……」

変わっていく人間と、変わらない物。

まだ子供の陽菜ちゃんに、大人になっても変わらずヘンゼルを愛してほしいと言うことは、無理なお願いなのかもしれない。

それでも今、ヘンゼルを抱きしめて笑っていることを忘れないでほしかった。いつか来る別れに怯《おび》えながらも、人と過ごすことが大好きな彼のためにも。

「おにーちゃんもヘンゼルのこと好きなの？」

純粋な瞳に見つめられて思わず言葉を詰まらせた。

なんと返せばいいものか。好きか、嫌いか、なんてわからない。

戸惑っていると、興味深げにこちらを見ているヘンゼルと目が合った。

「……お前がそこまで言うなら仕方ねぇなぁ」

ヘンゼルが観念したように溜息をついた。

「騒がしかったけど、楽しかったよ」

この感情にどう名前をつければいいかなんてわからないけれど。それでも、彼と過ごした数日はとても賑《にぎ》やかで――うん。きっとこれが楽しかった、ということなんだろう。

「ヘンゼル連れて、また遊びに行くね」

「えっ」

「だっておにーちゃん、とっても寂しそうだから。そんなに寂しがらなくても、またいつでも会えるから大丈夫だよ！」

ああ、そうか。さよならは今生《こんじょう》の別れじゃないのだ。

彼があの店からいなくなっても、また会える。

「一度関わっちまうとよ、居心地がよくて離れたくなくなっちまうものなんだよ。お前にもいつかそれがわかるといいな。――じゃあ、またな。一樹、ありがとよ」

そう言ってヘンゼルは陽菜ちゃんの腕に抱かれて去っていった。

ヘンゼルがいなくなり、時計の彼女とともに自転車で店に戻る。

頭の中に陽菜ちゃんの笑顔が焼きついていて、まるで彼女の温かさが伝染したかのように心の中がいつまでもぽかぽかとしていた。

＊

ヘンゼルが無事陽菜ちゃんのもとに行き、いつもと変わらない日常が戻ってきた。

この週末様々なことが起こりすぎて、土日を挟んだだけだというのに何故か大学に来るのが久しぶりに感じた。

講義室に入って席に座り、リュックを開ける。つい昨日までヘンゼルが入っていたそこにはぽっかりとスペースが空《あ》いていて、ふと彼と陽菜ちゃんのことを思い出した。

今頃あいつはなにをしているだろう。陽菜ちゃんと仲よくやっているだろうか。目の前にいない相手のことを考えるなんて珍しいこともあるものだと、少し驚いてしまう。

「今日はあの可愛いクマさんと一緒じゃないのね」

背後から声をかけられて振り向くと、宮藤さんが僕の手元をのぞき込んでいた。

「彼は……ちゃんと大切にしてくれる子のところに行ったよ」

「そう。それはよかった」

宮藤さんはまるで自分のことのように嬉しそうに微笑んだ。

「でも高峰君は寂しいでしょうね」

「そんなふうに見える？」

端《はた》から見てわかるほど、僕はそんなに寂しい顔をしているのだろうか。

答えを求めるように宮藤さんを見ると、彼女はいいえ、と呟きながら小さく首を横に振った。それならば何故そんなことを……と首を傾《かし》げる僕に、宮藤さんは、でも……とさらに言葉を続けた。

「この間声をかけた時、高峰君はとても楽しそうに話していたから。あんなふうに一緒に過ごしていた相手と別れたら、寂しいだろうなぁ、と思ったの」

「……そんなに、楽しそうにしてたっけ」

「貴方があんなに大きな声を出すなんて驚いたわ。ふふっ、随分と大きなひとり言だったわね」

宮藤さんは意味ありげに言うと、おかしそうに笑って口元を押さえた。

「じゃ、またね」

笑いながら、彼女は手招きしている友人達のいる方へと向かっていった。

「……なぁ」

宮藤さんの背中をぼうっと眺めていると、今度は隣から声がかかった。

今日は一体何人に声をかけられるのだろう。

珍しいこともあるものだと思いながら隣を向くと、以前シャープペンシルを拾ってくれた男子学生が、羨《うらや》ましげな目で僕を見つめていた。

「お前、宮藤さんと仲いいのか」

「何度か話しただけだよ」

そう返した途端、男は面食らったように数度瞬《まばた》きをしたあと、かーっと唸《うな》って眉間を押さえ、もう片方の手を僕の肩に回してきた。

「文学部一年の高嶺《たかね》の花と名高いあの宮藤さんと普通に話してるなんて……羨ましすぎる」

確かに宮藤さんは美人だとは思っていたが、そんな呼び名をつけられていたのか。

驚いて、向こうに座わる宮藤さんの背中を二度見してしまう。

「俺、加賀宏太《かがこうた》っていうんだ」

自然消滅すると思っていた会話がまだ続いていたことに驚いて、今度は男の方を二度見した。

加賀と名乗ったやけに明るい男は、怪訝《けげん》そうに首を傾《かし》げる。

「どしたの？」

「いや……なんでもない」

「お前いつもひとりで授業受けてるけど、友達いないの？」

この男はいきなり痛いところを突いてくる。否定するのも嘘くさく、認めるのも恥ずかしいので、誤魔化すように苦笑いで返した。

「で、お前、名前なんていうの」

「高峰」

「下の名前は」

加賀はずいっと顔を近づけてくる。こういう相手はあまり得意ではないのだが、授業前ということもあって、逃げるに逃げられない。非常に困る。

「……一樹」

僕の名を聞き出した彼は、嬉しそうににんまりと笑って無理矢理僕の手を取り、握手した。

「なぁ、一樹。この授業終わったら昼休みだろ？　一緒に昼飯食おうぜ」

「は、はぁ……？」

唐突すぎる誘いに、思わず声が漏れた。

大学で誰かに昼食を誘われたことなんて初めてだ。新手のドッキリか、僕を遊びのネタにしているのかと思ったが、そんな様子はなかった。

「どうやって宮藤さんと知り合ったのか気になるんだよ。どうやったら宮藤さんに微笑みかけられるほど仲よくなれるんだ」

「だから、話したことがあるだけで仲がいいわけじゃ……」

たとえそれが宮藤さんに近づくためだったとしても、こんなふうに声をかけられ、関心を向けられて、なんだかむず痒《がゆ》いような気持ちになる。

それは初めて抱いた感情だったが、決して悪い感じはしない。

「よかったね、一樹。初めてのお友達とのお昼ご飯だ。どんなあやかしにも邪魔させないから、任せて！」

時計の彼女の声だけが、耳元で聞こえてきた。

もしかしたらこれは、時計の彼女が運んできてくれた幸運……というやつなのだろうか。いまだに半信半疑な僕の耳元で、彼女の嬉しそうな笑い声がしばらく聞こえていた。

《大学で昼飯食べてから行きます》

その日僕は、初めて自分から隆道さんにメッセージを送った。

第三話　白無垢

ニュースで梅雨明けが報じられると、長く続いていた憂鬱《ゆううつ》な空が晴れ渡り、心も晴れやかになるのを感じた。

じめじめとした陰気な長雨がやみ、雲ひとつない清々《すがすが》しい快晴となった日曜日。

『霧原骨董店』は珍しく朝から大忙しだった。

久々の晴れということもあり、総出で売り物の布団や着物を引っ張り出し、干すことになったのだ。

「一樹。その着物、数十万するから扱いには気をつけろよ」

「は、はい」

疲れかけていたところに隆道さんの注意が飛び、僕は気を引きしめた。

この一月《ひとつき》、梅雨特有の湿気に付喪神《つくもがみ》達は気分を落ち込ませていた。

そしてそれ以上に隆道さんが、この湿気で骨董品が傷《いた》まないかとずっとぴりぴりと気を張っていたのだ。

そのせいで、バイトの僕でさえ店に入るのが恐ろしく感じるくらいに、店内は重い空気に包み込まれることに。

そんな苦しい期間を乗り越え、やっと訪れた快晴の日。霧原夫妻だけでなく付喪神達も喜びに打ち震え、店の中はまるでお祭りのように陽気な雰囲気に満ちていた。

「――はぁ……つまらないわ」

そんな空気をぶち壊すように、どんよりと重い溜息が店内に広がった。

「梅雨も無事に乗り切って、ようやくすかっと晴れたんだ。そんな陰気臭い溜息やめてくれねぇかな」

隆道さんが少し苛立ちを含んだ声音でいう。

「退屈なんだもの、仕方ないじゃない。ああ、つまらないわ……つまらなすぎる」

色白の肌で、銀髪と口元にさされた紅が目を引く。椿模様が刺繍《ししゅう》された白無垢に純白の綿帽子を被った花嫁姿の女は、窓辺に凭《もた》れて憂鬱そうに外の景色を眺めていた。

「折角目覚めたというのに、なぁんにも起きない。こんなガラクタばかりの店に閉じ込められていたら、坊やだって気が滅入るでしょう?」

「いや……その、えっと」

「干すたびこんな感じだから、気にしなくていいぞ」

同意を求められて困っていると、隆道さんが冷たく横槍を入れた。

花嫁姿の彼女はつまらない、とまたひとつ大きな溜息をついて項垂《うなだ》れている。

彼女の名前は椿。現在店の日陰で陰干しをしている、年代物の白無垢に憑《つ》いた付喪《つくも》神《がみ》だ。

「白無垢なんて結婚式くらいしか出番ないしねぇ。それは退屈で憂鬱《ゆううつ》にもなるか……」

慰《なぐさ》めるように声をかけた時計の彼女を、椿は酷く羨《うらや》ましそうに見つめた。

「貴女は懐中時計だもの。持ち主の傍にいられて、色々なところに行けるなんて心底羨ましいわ」

「ま、まぁ。その、一応……懐中時計は持ち歩くために作られてるし、ね……」

「ああ……羨ましい」

元気づけるどころか、時計の彼女は椿の心をさらに曇《くも》らせてしまったようだ。自分の手には負えないと気づいて、背中を丸めてトボトボと僕のもとへ帰ってくる時計の彼女。

椿は一段と大きな溜息をつきながら、窓の外にゆっくりと視線を戻したかと思うと、わずかに目を丸くした。

「お客さんが来たみたいよ」

椿が気だるげに口を開いたのとほぼ同時に、店内にお客さんが入ってきた。

真っ白な髪を頭の後ろでお団子に結んだ、小柄で痩せたお婆さんだった。目元が吊り上がっていて、少しきつめの印象を受ける。

「いらっしゃいませ」

レジ前にいた尊さんが微笑むと、お婆さんは小さく会釈《えしゃく》をし、窓際で日向ぼっこをしている商品達を興味深そうに見つめた。

「それ……白無垢かい？」

「ええ。梅雨も明けたので干していたんです」

「綺麗だねぇ……あの人との結婚式を思い出すよ」

隆道さんの説明を受けながら、お婆さんは足を止めて目を細め、懐かしそうに白無垢を眺めていた。

「近くで見せてもらってもいいかい?」

「どうぞ。ちょっと散らかってますが、ゆっくりご覧になってください」

隆道さんが営業スマイルで奥へ入るよう促《うなが》すと、お婆さんは腰を曲げながらゆっくりと白無垢の方へ歩みを進めた。

「私の価値がわかっているなんて……素敵な娘《こ》」

褒められたことが嬉しかったのだろう。お婆さんに興味を持った椿も白無垢の方へ戻っていく。

お婆さんのことを若い娘のように言うのは、椿がお婆さんよりもはるかに長い年月を生きてきたあやかしだからだろうか。椿はまるで我が子を見守るような温かい眼差しをお婆さんに向けている。

椿がまとう陰湿な空気が消え、店内に明るさが戻った気がした。息苦しさがなくなり、僕達はほっと小さく息を吐く。

それから僕は、お婆さんの邪魔をしないように静かに商品棚整理に戻った。

「ちょっと、なんのつもり!」

数分後、静寂を切り裂くように椿の悲鳴が店内に響き渡った。

慌てて声のした方を見やると、お婆さんが干していた白無垢を抱え、入口に向かって走っているではないか。

「泥棒！」

時計の彼女が声を上げるが、捕まえようにも店内の通路は狭く、走ると骨董品にぶつかってしまう。

一番入口の近くにいるのは尊さんだが、その両手は重そうな壺《つぼ》で塞《ふさ》がれているためどうしようもできない。

お婆さんは白無垢をかけていた衣紋掛《えもんか》けを倒しながらレジの横を通り過ぎ、入口まで一直線に向かう。

このままでは椿が連れ去られてしまう。

そう思った時、お婆さんの前に立ち塞がったのは、店主の隆道さんだった。

「止まれ、婆さん。なんのつもりだ」

先程の営業スマイルはどこへやら。着物姿の彼は腕を組み、威圧感たっぷりにお婆さんを見下ろした。

「これは私の物だよ！　返してもらってなにが悪い！」

「はぁ？」

悪びれるどころか物凄い剣幕で詰め寄るお婆さんに、隆道さんは目を丸くして眉を顰《ひそ》めた。

「母さん！」

そんな隆道さんの背後から、ひとりの男性が慌ててお婆さんに駆け寄ってきた。

彼女が抱えている物、そして店の状況を見た瞬間になにが起こったのかを察したようだ。お婆さんの肩を掴んで軽く揺すりながら、聞こえやすいように大きな声でゆっくりと話しかける。

「母さん！　これはお店の物だ！　持ち出したら、泥棒になっちゃうんだよ！」

「うるさい！　離しとくれ！　これはアタシの物なんだよぉ！」

まるで幼子《おさなご》がおもちゃを買ってくれとぐずるように、お婆さんは身を捩《よじ》らせて抵抗する。

男性はお婆さんが手にしている着物が高価な物だと察したようだ。無理矢理に引き剥《は》がすことなく、お婆さんをなだめながらどうにか白無垢を取り返してくれた。

「その婆さんの息子さんで？」

「は、はい。ご迷惑をおかけしまして申し訳ありません」

隆道さんが声をかけると、男性は顔を真っ青にして申し訳なさそうに頭を下げた。

「……言い訳をするつもりはないのですが、母は認知症を患《わずら》っておりまして。時折勝手に外に出て徘徊《はいかい》してしまうのです。でも、まさかこんなところで盗みを働こうとしているとは思わず……私の管理不行き届きで申し訳ありません」

隆道さんのようなガタイのいい和服の大男に見下ろされたら、誰だって怯《おび》えるに決まっている。謝罪を述べる男性の手は小刻みに震えていた。

「……店の外に持ち出したわけでもないし、着物も無事なようです。警察沙汰にするつもりはないので、そんなに怯えなくても大丈夫ですよ」

相手が一番危惧しているであろうことを、隆道さんが真っ先に告げた。

「本当に申し訳ありませんでした」

もう一度深々と頭を下げた息子さんの肩が、安堵で緩んだのが見て取れる。

「ほらっ、母さん。もう帰るよ。迷惑かけたんだから、謝って！」

「アタシはなにも悪いことしてないよ！」

お婆さんは悪びれることなくそっぽを向いて頑《かたく》なに謝ろうとしない。

そんな彼女の代わりに息子さんは何度も何度も頭を下げて、母親の手を引いて帰っていった。

「……っ、たく。焦ったよ」

疲れたように言って、隆道さんは椿を元通りに干しなおす。

衣紋掛《えもんか》けや商品がいくつか倒されていたが壊れた物はないようだと伝えると、隆道さんはほっと息をついた。

椿は連れ去られかけた驚きからだろうか、呆然と入口を見つめて佇《たたず》んでいた。

「椿、どうしたの？　どこか怪我した？」

「いいえ……ほんの一瞬なんだけど、あの娘《こ》と目が合った気がしたの」

椿は自分を連れ去ろうとしたお婆さんに怒るでもなく、怯《おび》えるでもなく……ただ驚いたように、嬉しそうに、恋しそうに、瞳を揺らしてお婆さんが去っていった方をいつまでも見つめていた。

＊

数日後、僕は大学で窮地《きゅうち》に陥《おちい》っていた。

不味《まず》い。これは、非常に、不味い。

僕が立ち止まっているのは、学生達が沢山行き交う廊下の真ん中。

周囲は邪魔だと言いたげに僕を避けながら歩いていくが、僕も好きで立ち止まっているわけじゃない。動けないのだ。

僕は真っ黒な人影に取り囲まれていた。そいつらは黒いクレヨンでぐちゃぐちゃに塗り潰したような真っ黒な顔に、口からは綺麗に生えそろった真っ白い歯が覗いていて、今にも僕を食べようとするかのように涎《よだれ》を垂らしている。

僕は立ったまま金縛りにかかり、助けを求めるどころか指一本動かせなかった。

周りの学生は、平然と僕の横を通り過ぎていく。

唯一動く眼球を頼りに周囲を確認するが、ふとすぐ近くの教室に『オカルト研究サークル活動中』の文字が見えた。

ガラス戸の向こうで、何人かの学生達が紙のような物を取り囲んでいる。恐らく降霊かなにかの実験をしていたのだろう。その紙からぞくぞくと黒い人影が溢《あふ》れてきていた。

「なんにも起こんないじゃん。これもガセだったかぁ……」

金縛りのせいで妙に研《と》ぎ澄まされた聴覚に、部員達のつまらなそうな声が聞こえてくる。

喜んでいい。君達の実験は大成功だ。なにを呼んだか知らないが、今現在そのツケは全部僕のところに回ってきているぞ。

あやかしが見えもしないのに馬鹿なことをするなと、大声で叫びたかった。が、声はまったく出ない。

「一樹。一樹、大丈夫？」

異変を察して時計の彼女が姿を現してくれたが、なにも答えられなかった。

僕を取り囲むあやかしを睨《にら》みつけながら、彼女は困惑気味に周囲を見回した。

授業終了直後ということもあり、廊下は沢山の学生達で賑《にぎ》わっている。

時計の彼女に助けてもらおうにも、こんな廊下のど真ん中で大立ち回りを繰り広げられては、それはそれで周囲にどんな影響を及ぼすかわからない。

彼女もそのことは重々承知しているようで、立ち尽くす僕の真っ青な顔を心配そうに覗き込みながら、どうしたものかと迷っていた。

かちかちと歯で音を立て、不気味な笑みを浮かべながら近づいてくるあやかし達。

これ以上は危険だと察した時計の彼女は、僕を守るように彼らの前に立ちはだかった。

「――ごめん一樹。やっぱり一樹の命にはかえられない」

彼女の背中を見つめながら、ああ、平穏な大学生活もこれで終わりかと、腹を括《くく》ろうとしていた時だった――

「おっす、一樹！」

明るい声を上げながら何者かが僕の肩を叩いた。

その瞬間、金縛りが解けた。僕を取り囲んでいたあやかし達も瞬時にどこかへ姿を消し、数秒前の重さが嘘だったかのように体が軽くなる。

慌てて後ろを振り返ると、そこには加賀が立っていた。

「な、なに？　そんなに慌ててどうしたんだよ……」

「か、加賀か……」

いつかの授業で声をかけられて以来、加賀は僕を見かけるたびに話しかけてくるので、この頃は二人で行動をともにすることが多くなっていた。

「そうですよ。加賀君ですよ。なに、どうした。お前、顔色めっちゃ悪いぞ……」

大量の脂汗を流しながら荒い呼吸をする僕を見て、加賀は心配そうに僕の背中を摩《さす》ってくれた。

「……ありがとう。本ッ当に助かった」

そんな加賀の両肩に手を置いて心の底から感謝を述べると、加賀は困惑しながらも微笑んでくれた。

「お？　お、おう……どういたしま、して？」

本当に、加賀が来てくれなければ、今頃どうなっていたことか。今日ほど彼の存在に感謝したことはなかった。

僕の無事を確認した時計の彼女は、安心したようにそっと姿を消す。

「高峰君っ」

汗も引き、ようやく呼吸が落ち着いたところで、前方から心配そうに宮藤さんが歩み寄ってくるのが見えた。

加賀が、おい宮藤さん来たぞ、とニヤつきながら僕の耳元で囁《ささや》く。

「こ、んにちは……宮藤さん」

「高峰君、大丈夫？　顔色、酷いわよ」

他の生徒には目もくれず、まっすぐこちらにやってきた宮藤さんは、心配そうに僕の両頬に手を触れた。

隣にいた加賀が、おおっと息を呑む。

突然のことに戸惑いながらも大丈夫だと頷くと、宮藤さんは安心したようにほっと息をついた。

こんな近くで女の子の顔を見たのは初めてだったので、緊張してしまう。

それに宮藤さんは、僕のすぐ傍にいる加賀の存在にまったく気づいていないようだ。

目の前で繰り広げられる光景に、加賀が引きつったように笑いながら徐々に距離を取りはじめた。

おい、待て、まさかこの状況で僕をひとりにするつもりか。

「もしかしなくても、俺、お邪魔かな？　お邪魔だよね？　まぁ……あとは若いお二人でどーぞごゆっくり！　じゃあ、またな一樹！　無理すんなよ」

「あ、おい……加賀！」

お前、宮藤さんに気があって僕に近づいたんじゃなかったのか。

だというのに、何故ニヤケながら逃げていくんだ。まったく意味がわからない。

「あ、ごめんなさい。お友達と一緒だったの、全然気づかなくて……」

走り去る加賀の姿を見て、宮藤さんはようやく彼の存在に気づいたようだ。

彼女は慌てて僕から手を離し、照れ隠しのように前髪をいじっていた。なんだか甘酸っぱい空気が流れ、どうしたものかと僕も首をかいていると、ふとオカルト研究サークルが集《つど》っていた教室が目に留まった。

先程まで賑《にぎ》やかだったのに会話がまったく聞こえず、机を囲んでいる部員達の目はどこか虚《うつ》ろだ。部屋の中は電気が灯《とも》されていて明るいのに、どす黒い陰気が漂《ただよ》っているではないか。

助けに入った方がいいのではないかと、扉に手をかけようとした。けれど、何故か宮藤さんに引き止められる。

「ねぇ、高峰君。よかったら途中まで一緒に帰らない？　ちょっと聞きたいことがあるの」

「え？」

唐突すぎる提案に、僕は思わず目を丸くした。

しかし断る理由もないので了承すると、宮藤さんは安心したように微笑んだ。

「よかった。じゃあ行きましょうか」

そうして二人並んで廊下を歩く。

まさか自分が女の子と二人で並んで歩く日が来るとは思わず、内心驚きを隠せなかった。

これも懐中時計に憑《つ》いた時計の彼女が運んでくれた幸運だったりするのだろうか。

高揚で胸が高鳴っていく一方で、オカルト研究サークルの彼らは大丈夫だろうかと教室を振り返る。

するとちょうど扉を開けて数名の部員が出てきたところだった。

その背後には、先程僕を取り囲んでいた黒いあやかしが、ひとりひとりの背中にぴったりと憑いていた。

「……一樹はもう関わらない方がいい。大丈夫。所詮素人《しろうと》が呼び出したあやかしだし、一体憑く程度なら死ぬことはないし、数日で消えると思うよ」

僕の耳元で時計の彼女が冷たく囁《ささや》いた。

黒いあやかし達は、僕からもう一切興味を失くしているようだ。取り憑かれた部員達を心配する気持ちはあるものの僕にはどうすることもできず、彼らの無事を祈りつつ宮藤さんの隣を歩くのだった。

梅雨明けが発表されたにもかかわらず、今日は朝から生憎《あいにく》の雨だった。

だから僕も今日は自転車通学を諦め、バスで大学へ来ている。

いつも自転車で通る道を歩くのはなんだか不思議な感覚だ。おまけに隣を見れば、同期の中で注目されているという美少女、宮藤さんの姿が。彼女が僕と肩を並べて歩いているなんて、余計に非日常を過ごしている気がしてならない。

宮藤さんは、確か聞きたいことがあると言っていたはず。けれど彼女は一切なにも言葉を発さず、ただ僕の隣を一定のスピードで歩いていた。

話を切り出すタイミングをうかがっているのか、先程から僕の方を見ては視線を逸《そ》らすという奇妙な行動を繰り返している。

いっそのこと僕の方から切り出せばいいのかもしれないが、口を開こうとするたびに宮藤さんがこちらを見るものだから、結局聞けずじまい。そうして気がつけば、なにも言葉を交わさずにバス停まで来てしまっていた。

「あの……僕、このバスに乗って帰るんだけど……」

「えっ、嘘っ……もう……」

後日加賀にこのことを聞かれたら『あの宮藤さんと一緒に帰ったくせになにも話さないとか、馬鹿か！』と怒られること間違いなしだろう。

「わ、私もこのバスなの。あの、ごめんなさい……もう少し付き合ってもらってもいい、かな？」

ここまで一緒に来ておいて、同じバスでバラバラの席に座るというのもおかしい。断る理由も特にないため頷くと、宮藤さんは物凄く安心したようにほっと息をついたのであった。


それから間もなくしてバスが到着し、二人で乗り込んだ。

ちょうど授業が終わった時間ということもあり、乗ってくるのは学生ばかりだった。

運よく二人がけの座席が空《あ》いていて、窓側に宮藤さんが、通路側には僕が座る。

誰かと、ましてや女の子と二人がけの座席に座るなんて、小学校の遠足以来で非常に緊張する。

雨の日の車内は湿度が高く、乗客の熱気で窓ガラスが少し曇《くも》っていた。

宮藤さんの横顔の向こうに見える景色は、バスに乗っているからかいつもとまったく違って見える。

相変わらず僕達の間に会話はない。周囲の学生達の楽しそうな会話が聞こえるため、余計に沈黙が気になってしまう。

宮藤さんはどれほど切り出しづらい話を僕にしようというのだろう。

「……もう、一樹から話しちゃえばいいじゃん。そういう気遣い、大事よ」

痺れを切らした時計の彼女が姿を現して傍らに立ち、ジト目で圧力をかけてくる。

ああ、もう。黙っている僕の方が悪いみたいじゃないか。ええい、こうなったら当たって砕けろだ——

「あのっ」

「あの」

あろうことか、宮藤さんと声が重なってしまったではないか。

お互いはっとして先にどうぞと譲り合うのだが、これまた見事に声と動きが重なってしまう。

「ご、ごめん……」

「いえ、こちらこそ……ふふっ。高峰君からお先にどうぞ」

なんだかおかしくて、どちらからともなく笑みが零れる。

張り詰めていた緊張の糸が少しだけ緩んだような気がした。

「いや。えっと……帰る方向が同じだから、宮藤さんってどこに住んでるのかな、と思って」

宮藤さんの用件がなんなのか聞く勇気は出ず、ふと浮かんだ疑問を口にする。

「あ……私、この先の神社に住んでるの。大学のバス停からちょうど十個目の『宮藤神社』ってところが私の実家なんだ」

それは初耳だった。けれど神社の娘さんだと言われてみれば、納得かもしれない。勝手なイメージだが、宮藤さんには巫女服がとても似合いそうだ。

「高峰君はどこに住んでるの？　そういえばこのバスに乗ってるの、見かけたことないわね」

「ああ、今日は雨だからバスだけど、いつもは自転車で通ってる。大学から五つ先のバス停くらいだから、割と近いんだ。古いアパートでひとり暮らししてる」

一度口を開いたら、会話は自然と繋がった。しかし調子がいいのもここまでで、僕の返事を最後に、再び沈黙が訪れてしまう。

「しっかりしなさい、一樹。もっと面白い話はできないの？」

時計の彼女はいつにも増して僕の横で騒がしくしている。

視線を下に向けると、宮藤さんは勇気を振り絞るように膝の上で拳をぎゅっと握りしめて俯《うつむ》いていた。

「あのっ……高峰君」

宮藤さんは意を決したように顔を上げ、僕の名前を呼んだ。

いよいよ来る——僕も覚悟を決めて、ごくりと唾を呑み込んだ。

「急に変なことを聞いてしまうのだけれど。もし、私の勘違いだったら、聞き流して……」

その瞬間、宮藤さんは僕から視線を外した。

視線の先は僕の後ろ。かといって、他の乗客を見ているわけではなかった。彼女の視線をたどって僕も顔を動かすと、そこには驚いたように目を丸くして宮藤さんを見ている、時計の彼女の姿があった。

時計の彼女は、慌てて姿を消す。

視線を宮藤さんに戻した瞬間、彼女は僕を見つめてゆっくりと口を動かした。

「高峰君って、見える人……なの？」

ひゅっ、と音を立てて空気を吸い込む。

一瞬、時が止まったような気がした。

あやかしが見えるのか——宮藤さんが尋ねたいのは、間違いなくそういうことだろう。

なにか答えようとするが、口からはあ、とか、う、とか声にならない音しか出てこない。視線は自分でもどこを見たらいいかわからずあちこち泳ぐ。

なんと答えるのが正解なのだろう。正直に認めても……いや、そもそも宮藤さんはどうしてそんなことを僕に聞いてきたんだ。

疑問が次々浮かび、頭がぐらぐらしてくる。喉は渇き、手は小刻みに震え——その間、宮藤さんは黙って僕を見つめて返事を待っていた。

『次は、高町住宅前——』

目的地のバス停がアナウンスされ、僕は咄嗟《とっさ》に宮藤さんの後ろにあった降車ボタンを押す。

「ごめん。ぼ、僕、ここで降りなきゃ……」

僕はバスが停車する前に立ち上がる。

「じゃっ、ま、また明日！」

「あ……高峰く——」

引き止める宮藤さんを振り返ることもなくバスの前方へ移動し、扉が開いた瞬間ICカードで運賃を払って、逃げるように外へ飛び出した。

冷たい雨が容赦なく頭上から降り注《そそ》ぐ。

すっかりパニックになってしまっていた僕は、傘をバスの中に忘れてきてしまったらしい。

ここから店までは、走れば数分だ。リュックを頭の上に載せ、水溜まりを蹴りながら走っていく。

「ごめんね、一樹。きっと私のせいだ。最近外に出られるようになって楽しくて、油断して……私……。本当にごめんね」

店に着くまでの間ずっと、時計の彼女は何度も何度も僕に謝り続けた。けれどその声は僕の耳を素通りしていく。

誰も悪くない。時計の彼女も、宮藤さんも悪くない。悪いのは、あの場に宮藤さんを置いて逃げ出した僕だ。

『高峰君って、見える……人なの？』

頭の中に宮藤さんの言葉が鳴り響く。

混乱する頭を冷たい雨で冷ましながら、僕は無我夢中で店に向かって走っていた。

＊

「カズキ、どうしたの。びしょ濡れじゃないか」

「いや、バスの中に傘忘れちゃって……ここまで走ってきたんです」

ずぶ濡れで店の入口を開けた僕に尊さんが大層驚いて、すぐにタオルを持ってきてくれた。

念のため着替えとして隆道さんの作務衣《さむえ》も持ってきてくれたのだが、すぐ乾くだろうし、明らかに服のサイズも合わないため気持ちだけありがたく受け取っておく。

タオルで濡れた服やカバンを拭《ぬぐ》いながら、ソファに向かった。

「……お前、なんかあったのか？」

いつもの場所に座って煙管《きせる》をふかしていた隆道さんは、明らかに様子がおかしい僕を怪訝《けげん》そうに見つめた。

彼らに隠し事をしても無駄なので、僕は正直に事の顛末《てんまつ》を話すことにした。

「……同期の女の子に『見える人なの？』って聞かれて、咄嗟《とっさ》に逃げてきちゃったんです」

「お前、周りに見えるの隠してんだっけ。そいつぁ災難だったなぁ」

僕と同じようにあやかしが見える隆道さん達も、似たような経験をしてきたのだろうか。隆道さんは同情するように最後の煙を吐き出して灰を灰皿に捨てた。

濡れてはいないだろうが念のため、ポケットにしまっていた懐中時計を取り出してタオルで拭《ぬぐ》ってやる。

「ほんっとうにごめんね……一樹」

時計の彼女が明らかに落ち込んだ様子で言った。

彼女が謝ることではない。だって、宮藤さんに時計の彼女の姿は見えないのだから、いくら僕の横で騒がしくしても――ん？

冷静になって状況を整理し、そしてようやく重大な問題に気がついた。

「……彼女の方を見たのなら、宮藤さんもあやかしを見ているんじゃ……？」

まさかとは思いつつも、それと同時に頭はその可能性が高いと告げている。

宮藤さんは明らかに僕の後ろにいた時計の彼女の姿を確認していた。

そして時計の彼女も、宮藤さんに姿を見られたことに責任を感じているらしい。

そう考えると、先程の大学で僕を心配して駆け寄って来てくれたのは、僕を取り囲んでいた黒いあやかしが見えていたからということになる。

自分と同じようにあやかしが見える人がいるのでは――そんな期待を込めて、勇気を振り絞って僕に尋ねてくれたのかもしれない。もしそうであれば、僕は宮藤さんにかなり酷いことをしてしまったのではないのだろうか。

いやでも、宮藤さんにあやかしが見えると決まったわけではない。確証もなく憶測ばかりがぐるぐると頭の中を駆け巡る。

どちらにせよあんな態度を取ってしまったことは詫びなければならない。次会った時はちゃんと謝ろう、とタオルで頭を痛いくらいに拭きながら、頭の中の反省会は幕を閉じたのである。

「あら、いらっしゃ――」

その時、尊さんが口を開き、驚いたように言葉を途切れさせた。

この雨の中客が来るなんて、珍しいことこの上ない。僕も隆道さんも驚いて入口の方に目をやって固まった。

「……なんだい、皆してそんなジロジロ見て」

来店したのは、先日白無垢を奪い去ろうとした白髪《しらが》のお婆さんだった。

全員の注目を浴び、お婆さんは居心地悪そうに眉を顰《ひそ》めながら濡れた傘を閉じて入口近くの傘立てに置く。

それからまるで我が家を歩くように堂々と隆道さんのもとまで歩み寄り、深く頭を下げた。

この行動に隆道さんは大層驚いたらしく、口も開かず硬直している。

「この間は迷惑かけてしまったようで、すまなかったね。今日はしっかりしてるから、安心しとくれ。これ……少しだけど、お詫びだよ。アタシが大好きな羊羹《ようかん》さ。よかったら食べておくれ」

「わ、ざわざ……どうも……」

お詫びにとお婆さんが差し出した紙袋を、隆道さんは困惑気味に受け取った。

恐る恐る紙袋の中を覗き込んだ時計の彼女が、目を見開いて興奮気味に僕の耳元に口を寄せた。

「……くまやの羊羹だよ。しかも最高級の三本入り」

くまやというと、僕でも知っているくらい有名なお店だ。美味しいとは聞いていたが一度も口にしたことがなかったため、思わず紙袋を二度見してしまった。

「また家抜け出したのか、婆さん」

「あんなところにずっと閉じこもってたら、息が詰まって死んでしまうよ」

舌を出して不快感を表すお婆さんは、この間白無垢を抱えていた人と同一人物とは思えないほど、人が違って見えた。

「これ渡しに来ただけなんだ。冷やかしで悪かったね……それじゃあ」

お婆さんはくるりと踵《きびす》を返した。本当にこの間のことを謝りに来ただけのようだ。

しかし外の雨は激しさを増している。たとえ傘があったとしても、家に着くまでに濡れてしまうだろう。

「もう少し雨が弱まるまで雨宿りしていきなよ」

窓の外をちらりと見た隆道さんが、お婆さんの背中に声をかけた。

「商品盗もうとした人間に情けをかけるのかい？」

「こんな高級な羊羹《ようかん》貰っておきながら、この大雨の中帰して風邪でも引かれたら、こっちも寝覚めが悪いんでね」

お婆さんが現れた時は不審げな視線を送っていた隆道さんからは、今はなんの敵意も感じない。

隆道さんの言葉を聞いた途端、強張《こわば》っていたお婆さんの肩から力が抜けたのがうかがえた。

「少し遅いおやつだけど、折角いただいたんだから羊羹食べながらお茶にしようか。お婆さんもよかったら」

時刻はもうすぐ四時を回ろうとしていた。

レジ台に座っていた尊さんが腰を上げながら言い、隆道さんから紙袋を受け取ると、お湯を沸かしに居住スペースの方へ消えていった。

「盗人に優しくするなんて、あんたらも随分変わってるねぇ」

「近所では変人夫婦で名が知れてるんでね」

隆道さんがおどけて笑うと、お婆さんは呆れたように笑いながらソファに戻ってきた。

「あ……よかったら、手を」

僕は気がつけば立ち上がり、自然とお婆さんに手を差し伸べていた。祖母にしていたことを、体は覚えているらしい。

「おや、すまないねぇ。坊や、優しいんだね」

お婆さんは一瞬驚いたものの嬉しそうに顔を綻《ほころ》ばせ、僕の手を握り返してくれた。皺《しわ》くちゃで細く骨ばった、しかしぽかぽかと温かな手は、死んだ祖母によく似ていた。

「ありがとうねぇ」

お茶に誘われたことが余程嬉しいのか、少女のように可愛らしい笑みを浮かべながら礼を述べるお婆さん。そんな彼女に僕も小さく微笑み返して、ソファにゆっくりと座らせた。

それから十分と経たず、四人分のお茶と羊羹を持って尊さんが戻ってくる。屋根や窓を叩く雨音をＢＧＭに、少し変わった顔ぶれでお茶会がはじまった。

「着物、汚れなかったかい」

お婆さんはひと口お茶を飲んで、まずそう尋ねた。

「ええ」

「ああ……よかった。あんな素敵な着物、しみのひとつでもつけてしまったら、死んでも死にきれない……」

余程白無垢のことを心配していたのだろう。隆道さんの返事を聞いたお婆さんは、安心したようにほっと息をついた。

「それにしても、何故あの白無垢を盗ろうと？」

「……さぁねぇ。願掛け、みたいなものだったかねぇ」

美味しそうにお茶を啜《すす》りながら、お婆さんは他人事のようにぽつりと呟いた。

「主人を早くに亡くしてね。時代が時代だったから、いい思い出なんて結婚式くらいでねぇ。あの人の記憶にあるのは綺麗な花嫁姿のアタシ。それが今やこんなに腰が曲がって、白髪《しらが》だらけの皺《しわ》くちゃババァになってしまって。せめて白無垢でも着て逝《い》ければ、あの人がアタシを見つけて迎えに来てくれるような気がしてねぇ。あの白無垢があまりにも綺麗だったんで、ついつい欲しくなってしまったんだよ」

温かい湯呑みを両手で包み込みながら、昔を懐かしむように目元に皺を寄せる。その表情は、まるで初恋について話す少女のように輝いていた。

「ということは……この間のあれは演技だったのか？」

「半分演技で、半分本当だよ」

尊さんの質問に、お婆さんはおどけたように肩を竦《すく》める。

「息子や嫁さんの小言があまりにも煩《わずら》わしくてね。呆《ぼ》けたふりをしていたら、いつの間にか本当に呆けちまったんだよ」

なんてことのない世間話をするように言って、お婆さんは羊羹《ようかん》を口に運んだ。

「演技だったはずが……最近は気がつくと知らない場所にいたり、人の名前や顔、自分が今なにをしようとしていたかも忘れることが多くなってねぇ。ここに来たあの日のことも、本当はあまり覚えていないんだ。家族に迷惑をかけてしまっているのは重々承知しているんだよ……でも、今更本当のことは言えないし。ふと我に返ると自分でも震えるくらいに怖くてどうしようもなくなることもある。いっそのこと全部忘れて、本当に呆けられたらどれだけ楽だろうねぇ」

口の中の羊羹を流し込むように、ずずっと音を立てお茶を飲むお婆さん。

忘れたくもないのに、いつの間にか色々なことが抜け落ちていく。ふと我に返った時、自分が自分ではなくなりはじめていることを自覚するのはどれほど恐ろしいことだろうか。

周りの人間も苦労するが、なによりも恐怖と不安を抱えているのは本人だ。少しずつ忘れていくくらいなら、一思いにすべてを忘れられた方が本人には救いに思えるのかもしれない。

「ねぇ……盗んだりしないから、もう一度あの白無垢を見せてもらえないかい？」

「ああ。ちょっと待ってな」

事情を知った隆道さんは快く了承し、店の奥にある桐箪笥《きりだんす》から白無垢を出してくる。

「あの娘《こ》が来てるのなら、もっと早く起こしてよ！」

不満げに眠そうな目を擦《こす》っていた椿は、お婆さんを見た途端、目を見開いて駆け寄ってきた。

「ああ、綺麗だねぇ……本当に素敵な着物だねぇ」

お婆さんは愛おしそうに、なめらかな触り心地を楽しむように優しく白無垢を撫でた。お婆さんがどれほど、この白無垢を大切に思い、好いているのかが受け取れる。

「ふふ……貴女もとっても素敵よ。貴女だったらきっと私を素敵に着こなしてくれるのでしょうね」

退屈そうに溜息をついていたあの椿が、目をキラキラと輝かせている。

今日も素敵ね、とか、来てくれてありがとう、とか。椿はにこにこと声をかけながらお婆さんの周りを歩き回る。

だが、残念なことにその声はお婆さんには届かない。

それでも椿は慈愛に満ちた優しい眼差しをお婆さんに送っていた。

椿の瞳のように、正絹の白無垢も照明に照らされて雪面のようにキラキラと輝いて見える。

――よかったら、着てみませんか。

想い合う二人のために、そう言葉をかけたくなった。

けれどたかがバイトの僕が、隆道さんの意見も聞かず勝手にそんなことを述べるのはおこがましいだろう。

幸せそうにしている二人を眺めながら、僕は喉まで出かかった言葉をお茶と一緒に呑み込んだのだった。

＊

「こんにちは……って、お婆さん」

「おかえり、坊や。お邪魔してるよ」

数日後、バイトに来ると、応接スペースのソファにお婆さんが当たり前のように座っていて、僕を見るなり嬉しそうに手を振っているではないか。

「え、なんでいるんですか」

「こら。一応はお客さんだぞ」

驚きのあまり口をついて出てしまった言葉に隆道さんは眉を顰《ひそ》めるが、失礼なのは彼も似たようなものだろう。

「この店も暇みたいだからねぇ、話し相手になってもらっていたんだよ。ほら、今日は散歩がてらどら焼きを買ってきた。お食べ」

お婆さんは自分の隣に座るように手招きをして、僕にどら焼きをくれた。

隆道さんいわく、彼女はこの店をえらく気に入ったらしく、あれから毎日訪れてすっかり茶飲み友達になってしまったようだ。

認知症のふりをせず話せる相手が見つかったのが余程嬉しかったのだろう。たった数日で人はここまで変わるものなのかと思うくらい、お婆さんは初めて会った時よりも明るくなって、目も生き生きと輝いていた。

「そんなに毎日家を抜け出して、息子さんは心配してないんですか？」

「知ったことかい。ここ数日はちゃんと家に戻っているから、なにも思っていないんじゃないかい？」

素朴な疑問を口にすると、お婆さんの楽しそうな表情が一変して急に冷たくなった。

「本当はしっかりしてるって、伝えた方がいいんじゃないのか？　その方が、息子さんの心配も小言も少しは減るだろう」

「今更半分呆《ぼ》けてて半分は演技でしたなんて言ったたって、どうせ信じちゃくれないよ。アタシの自業自得さね。それに……私が呆けたふりをするようになってから、息子と嫁の喧嘩《けんか》が減ったのさ。アタシが悪者になっていればすべて上手くいくんだよ」

お婆さんは隆道さんの意見に目を逸《そ》らしながら、苛ついたようにどら焼きにかじりついた。

お婆さんの言うことはもっともだ。だが、このままお互いがすれ違っていていいものなのだろうか。息子さんもお婆さんが心配だから、余計に口うるさくなってしまっているのではないのだろうか。

僕も祖母が心配で、ついつい小言を言いすぎて怒られたことが何度かある。

そう伝えたかったけれど、人には人の事情があるもの。僕のような部外者が口を挟んでいいことでもないと、大人しくお茶を啜《すす》った。

「なんだい、坊や」

「え」

じろりと下から睨《にら》み上げられて、思わず肩が揺れた。

「この間から思っていたけど、なにかアタシに言いたいことがあるのかい」

「いや……」

「アタシの目は誤魔化せないよ」

お婆さんは丸い背中をさらに丸め、僕の目をじっと下から覗き込んだ。

なんだか祖母に見つめられているようで無意識に背筋が伸びると同時に、不意に懐かしさがこみ上げてきた。

「あ。いや、その……寂しそうだな、って」

　ぽそりと呟くと、お婆さんは悲しげに目を細めた。

「そうだね。確かに寂しいね。家にいても厄介者みたいに扱われるのは……とても寂しいよ」

　楽しげな雰囲気は消え、お婆さんは小さく息を吐いて、そこで会話は途切れてしまった。

　僕が話をするといつもこうだ。会話は続かず、場の雰囲気を悪くしてしまう。だから黙ってその場の流れに身を任せていた方が楽なのだ。

「それで？」

　お婆さんはしたり顔で僕を見た。

「言いたいことはそれじゃないんだろう？　なにをそんなに怯《おび》えてるんだい。男なんだからしゃきっとしな！」

「いっ……」

　その細い腕のどこにそんな力があるのか不思議なほどの力で、お婆さんは僕の背中を叩いた。

かと思えば、じんわりと痛みが広がる背中を優しく摩《さす》ってくれる。

「坊やがなにを言おうが怒りやしないよ。さぁ、言ってごらん」

背中を摩る温かい手。そのぬくもりに促《うなが》され、腹の奥に押し込めたはずの言葉がゆっくりとせり上がってくる。

膝の上に置いた拳を握りしめちらりと横を見ると、時計の彼女が励ますようにこちらに向かって拳を握っていた。

「あのっ……」

自分でも笑ってしまうほど、声は震えて上《うわ》ずっている。

隆道さんの了承なしに、こんなことを言っていいのかわからない。

恐る恐る前に座る霧原夫妻を見れば、僕が話しやすいようにと素知らぬふりをして美味しそうにどら焼きを頬張っていた。

大丈夫。きっと、大丈夫。

背を摩るお婆さんの手に勇気づけられ、意を決してもう一度口を開いた。

「あの……もしよかったら、この間の着物――」

「母さん！」

僕の言葉を遮《さえぎ》るように、店内に怒声が響き渡った。

皆がびくりと肩を震わせて、店の入口を見る。そこには怒りに目を吊り上げた、お婆さんの息子さんが立っていた。

しまった、と面倒臭そうに視線を逸《そ》らすお婆さんに向かって、彼はずかずかとこちらに歩み寄ってきた。

「最近また勝手に家の外に出てると思ったら、こんなところにいたのか！　いい加減、探し回る俺達の身にもなれよ！」

「うるさい！　ここにはアタシの着物があるんだ！」

先程の優しげな表情から一変。お婆さんはキッと目を吊り上げて息子さんを睨《にら》み上げた。

「馬鹿げたことを言うのもいい加減にしてくれ！　お店の人にも迷惑かけて、なにがしたいんだよ！」

仕事や介護疲れもあるのだろう。日頃溜まっていたものを一気に吐き出すように、息子さんは彼女を激しく怒鳴り散らした。

負けじと彼を睨み上げていたお婆さんの表情は、怒声を浴びせられるたびに辛そうに歪んでいく。

僕の背中に置いてある手は、怯《おび》えのせいか怒りのせいか、小刻みに震えながらシャツを強く握りしめていた。

「もう、我慢ならない！　俺も、理恵《りえ》も、子供達だってもう限界なんだ！　これ以上迷惑かけるつもりなら、施設に行ってもらう！　母さんが家にいると皆迷惑なんだ！」

その一言に、お婆さんの手の震えがぴたりと止まった。

はっとしてそちらを見ると、彼女の表情には動揺が表れ、その目には涙が滲《にじ》んでいて、決して零すまいとしているようだった。

「ちょっと、待ってください！」

荒らげた声は店内に響き渡り、波紋のように広がっていく。

気がつけば僕は立ち上がっていて、怒りに身を震わせる息子さんを見つめていた。

「そんなに頭ごなしに怒鳴らなくてもいいでしょう。一度お婆さんの話を聞いてあげたって……」

「部外者になにがわかるんですか！　家族内のことに、勝手に口を挟まないでもらいたい！」

息子さんの怒りの矛先《ほこさき》は、お婆さんから僕に向いてしまった。

拒絶の言葉が僕の頭の中をぐるぐると回り、気持ち悪いくらいに反響し続ける。

頭が真っ白になって足の力が抜け、そのままソファにすとんと崩れ落ちた。お婆さんはそんな僕の体を支えながら息子さんを叱りつける。

「あんたが怒っているのはアタシだろ！　人様に八つ当たりするんじゃないよ！　このバカ息子！」

僕のせいで興奮の炎がさらに燃え広がっていく。

そんな場を収めたのは、隆道さんのやけに冷静な声だった。

「……皆さん、一旦落ち着きましょう。ここであまり大声で騒がれると、色々と迷惑です」

我に返って店内を見回すと、付喪神《つくもがみ》達が怒号に驚いてしまったのか、心なしか空気が騒《ざわ》めくような嫌な気配が漂《ただよ》っていた。

肩で息をしていた息子さんも、隆道さんの一言で冷静になったのか、すみませんと小さく謝罪を述べる。

「息子さん。うちのバイトの言う通り、一度お母様と話し合ってみてはどうでしょう」

「は、話し合うもなにも……母は」

「いいんだよ。迷惑かけたね」

狼狽《うろた》える息子さんの言葉を遮《さえぎ》ったのは、お婆さんだった。

「もういいんだよ。ありがとう。施設でもどこでも連れていくといいよ……お邪魔虫はいなくなった方が、皆幸せになれるんだ」

落ち着いた母親の声に、息子さんは一瞬驚いたように目を見開いた。

お婆さんは僕の背中を優しく摩《さす》りながら、ありがとうね、と優しく声をかけてくれる。

そうしてゆっくりと立ち上がり、手を貸そうと伸ばした僕の手をそっと拒んで、ひとりで息子さんのもとに歩み寄っていく。

ところがその時、お婆さんは胸を押さえて小さく呻《うめ》き声を上げた。

「お婆さん？」

お婆さんの顔色がみるみる真っ青になっていく。胸を押さえる手は震え、酸素を求めるように口は開いたまま、苦しそうに息を漏らしている。

そうしているうちにお婆さんの全身が震えはじめ、駆け寄った僕の腕の中に力なく崩れ落ちてきた。

その光景は、数ヶ月前、祖母が家で倒れた時とよく似ていた。

「ばあちゃん！」

お婆さんと祖母の姿が重なって、僕は思わず叫んでしまった。

「母さん！」

「尊、救急車！」

「すぐに呼ぶ！」

周りの人達が慌てながらも、次々と適切な行動を取っていく。

僕の腕を痛いくらいに握りしめながら、お婆さんは苦しんでいる。

「大丈夫だよ、ばあちゃん。すぐに救急車、来るから……大丈夫だから……」

僕は蹲《うずくま》るお婆さんの姿にかつての祖母を重ねて、懸命に声をかける。

そうしながら、苦しみに震える彼女の背中を、少しでも苦痛が和らぐようにと、何度も何度も摩り続けた。

そのあと、お婆さんは救急車で病院に運ばれた。

なんとか一命は取り止めたようだったが、店に報告しに来てくれた息子さんによれば、もってあと数日の命らしい。

僕達は、先程までお婆さんが座っていた場所に残された湯呑みとどら焼きを見ながら、黙ってその言葉を受け止めることしかできなかった。

＊

次の日。いつも通り大学にやってきた僕は、まったく授業に身が入っていなかった。お婆さんが倒れたのは昨日のことのはずなのに、まるで何日も前の出来事のように思える。

すべてのことが他人事みたいに感じ、ただ時間だけが過ぎていった。

「高峰君。授業、終わったよ」

話しかけられた気がして顔を上げると、目の前に宮藤さんが立っていた。

周囲を見回すといつの間にか授業は終わっていて、教室には僕と宮藤さんの二人しか残っていない。

「どうしたの？　とても顔色が悪いけれど……具合が悪いのなら、医務室に行った方が……」

「いや……具合が悪いわけじゃ……」

そこではたと先日のことを思い出した。

彼女と会うのは、あの雨の日――あやかしが見えるのかと問われて、逃げ出してしまった日以来だった。

酷い別れ方をしたというのに、宮藤さんは僕を見限ることなく声をかけてくれたのだ。

「……あの、この間はごめん」

「ううん。私も、変なこと聞いてしまってごめんなさい。あの、これ……この間忘れていった傘」

苦笑を浮かべながら、宮藤さんは僕があの日バスの中に忘れた傘を渡してくれた。

今日は雨も降っていない。いつ会えるかわからない僕の傘を、彼女はずっと持ち歩いてくれていたというのか。そう気づいて、感謝と同時に申し訳なさが心に広がっていく。

「それで……なにか、あったの？」

あの時の答えを告げようか迷っていたところ、宮藤さんは心配そうに言って僕の隣に腰を下ろした。

あえて先日のことには触れないでくれる宮藤さんの優しさに甘え、僕はぽつりぽつりと話しはじめた。

店の常連になったお婆さんのこと。お婆さんが家族とすれ違っていること。店で倒れてしまい、あと数日の命だということ。そして、僕がお婆さんに言えなかったことがあること。

幸運なことに、次の時間この教室では授業が行《おこな》われない。空《あ》き教室を求めて、何人かの生徒が扉を開ける気配がしたが、僕達の深刻な空気を察したのか誰も入ってくることはなかった。

「そんなことがあったの」

説明下手な僕の話を、宮藤さんは適度に相槌《あいづち》を打ちながら黙って聞いてくれた。

「……あの人にしてあげたいことがあったんだ。息子さんにも、お婆さんの本当の気持ちを伝えたかった。でも、怖がってただけでなにもできなかった」

もっと早く、白無垢を着るように言えばよかった。そうすればお婆さんはもっと笑顔になれたかもしれない。

いくら後悔してももう遅い。お婆さんは倒れて、病院に運ばれてしまった。再び店を訪れることはもうないだろう。

あれだけお婆さんと会えることを楽しみにしていた椿は、お別れを言えないまま彼女と離れ離れになってしまう。ようやく椿に笑顔が戻ってきたというのに、また退屈そうに表情を曇《くも》らせることになるに違いない。

「……まだ、お婆さんはご存命なのよね」

「うん」

「それなら、遅くはないわ」

宮藤さんは僕の肩にそっと手を置いた。

「詳しい事情はよくわからないし、あくまでも部外者の意見なんだけれど。高峰君が悩んで、その人達のためにしてあげたいと思うことがあるなら、行動することは間違いじゃないと思うの。それにお婆さんが亡くなってしまったら、彼女とはもう会うことも話すこともできないのよ。後悔するくらいなら、私は迷わず行動するけどね」

「でも……」

「お婆さんがまだ生きているのに、チャンスがあるのに、後悔して落ち込むのは早いと思うわ」

宮藤さんは決して僕を馬鹿にするでもなく、下手に元気づけるでもなく、ただ淡々と冷静に自分の意見を述べてくれた。

そして、頑張ってと僕の肩を軽く叩いてそっと席を立つ。授業があるから、と教室の出口へ向かう宮藤さん。

しかしとっくに授業の開始時間は過ぎていて——彼女はわざわざ遅刻してまで時間を割《さ》いてくれたのだと知った。

「あの、宮藤さん……ありがとう」

教室を出ようとする宮藤さんの背中に声をかけた。

彼女は振り返って満面の笑みを浮かべると、手を振って静かに教室の扉を閉める。

僕の背中を押してくれた宮藤さんに感謝しながら、僕の足は自然と駐輪場へと向かっていた。

*

宮藤さんに背中を押されて大学を出たのはいいが、やはり僕は迷っていた。

ペダルを漕《こ》ぐ足は重く、店までの道のりがやけに遠く感じる。

やりたいことを、やってもいいのだろうか。

これは単純に僕のエゴではないのだろうか。

そんな疑問が頭の中をぐるぐる回る。

「一樹、まだ迷っているの？」

時計の彼女が、そんな僕の心のうちを見透《みす》かしたかのように声をかけてきた。

「怖いの？　あのお婆さんに関わることが」

「……部外者の僕が、本当に関わっていいのかわからない」

自転車を止め、ハンドルに両肘を置いて頭を抱えた。

これは僕が踏み込んではいけないことなのかもしれない。だって、息子さんには部外者が口を出すなと言われたじゃないか。

でも、でも、あのお婆さんは本心を隠している。自分ひとりが悪者になればいいと、寂しさを押し殺してしまっている。

あの二人を仲直りさせたい。それは余計なお世話かもしれないが、せめて……せめて誤解だけは解いてあげたい。

でも――わからない。僕がそう思って関わっていいのかも、どうしたらいいのかもわからない。

頭の中がぐちゃぐちゃで整理できず、もう吐きそうなくらい気持ちが悪い。

「誰かと関わると、それくらい苦しいこともあるんだよ。一樹」

背中に時計の彼女の両手の感触と、わずかな重みを感じる。人間のものと違い、温かくも冷たくもない。

けれど、そこに誰かがいるという確かな重みだけは感じることができた。見える者にしか感じることができない、あやかし特有の曖昧《あいまい》な感触。

「頭がぐちゃぐちゃなのは、一樹が迷っているからだよ。そして迷って悩んでいるってことは、一樹が人と向き合おうとしているってこと。一樹が向き合ったら、きっと人はちゃんと一樹のことを見てくれるよ」

「……キミが現れてから、僕は人に振り回されてばかりだ。幸運を運んでくるどころか、面倒ごとばかり」

彼女は僕の背中に額を当てながら、ぽつりぽつりと呟いた。

「……人と関わるのは、とっても面倒臭いんだよ。これから一樹がやろうとすることで、怒る人もいるだろうし、悲しむ人もいるかもしれない。でも、きっと喜んでくれる人もいると思うよ。一樹がその人のためを思ってやったことなら、きっと大丈夫。ちゃんと向き合ったら伝わるよ」

彼女の言葉は背中から染み込むようにゆっくりと僕の体の中を巡っていった。

「そういえば、今日忘れてることなぁい？」

時計の彼女は笑いながら、僕のポケットを指さした。

「あ……ああ」

そういえば、今朝は懐中時計のゼンマイを巻くのを忘れていた。ごめんと謝って、一回、二回と竜頭《りゅうず》をゆっくりと回していく。

ゼンマイが回る音を聞きながら、僕は頭の中を整理した。

お婆さんのこと、椿のこと、息子さんのこと、そして、僕のこと。

確かに、僕のエゴかもしれない。誰も、望んでいないかもしれない。迷惑かもしれない。でも、それでも僕は誰かのために動きたいと、そう思ったんだ。

ふと目を閉じると、瞼《まぶた》の裏に祖母の姿が蘇《よみがえ》る。僕はもう、後悔はしたくない。

「私がついてるよ」

竜頭《りゅうず》を回し終わり、顔を上げると、視界いっぱいに時計の彼女の笑顔が映った。

ポケットに時計をしまい、ペダルを漕《こ》ぐ。先程までのことが嘘のようにペダルが軽い。自転車は目的地に向かってぐんぐんと進んでいった。

午後四時——店に着く頃には、僕はもう腹を括《くく》り終えていた。

店内には珍しく誰の姿もない。

誰がどこにいるのかを確認する時間も惜しくて、僕は店の奥に入っていった。桐箪《きりだん》笥《す》を開き、たとう紙に包まれている白無垢を取り出して椿を起こす。

「椿。起きてくれ」

「おや……坊やじゃないの。どうかしたの？」

「折り入って相談が、あるんだけど」

「なにかしら」

寝ぼけ眼《まなこ》で椿は首を傾《かし》げた。

「あのお婆さん、覚えてる？」

「なぁに、彼女が来ているの⁉」

ぱあっと目を輝かせ、お婆さんの姿を探す椿。

「違う。彼女はこの間倒れて、病院に運ばれた。もう、長くはもたないんだ」

「そう……なの」

明るかった表情が一気に曇《くも》り、椿は悲しそうに肩を落とした。

そんなことを言うために起こしたの、と少し不貞腐《ふてくさ》れたように再び眠りにつこうとする椿。その手を掴んで、僕は慌てて引き止めた。

「あのお婆さんは椿を着て逝《い》けば、死んだ旦那さんが見つけてくれるような気がするって言っていた。だから最期に、お婆さんに椿を着せてあげたいんだ。椿を外に連れていきたい」

そっぽを向いていた椿は僕の言葉を少しずつ理解していき、驚いたようにゆっくりとこちらを見た。

「もちろん！　お安い御用よ！　行きましょう。さぁ、すぐに！」

僕の両手を痛いくらいに振って、おまけに僕を抱きしめ、椿は笑顔で了承した。

僕はすぐに白無垢を紙袋に入れ、自転車に跨《また》がった。

ここからお婆さんが入院している病院までは、自転車で三十分ほどだろうか。急がないと面会時間が終わってしまう。

僕は道案内を時計の彼女に任せ、必死にペダルを漕《こ》いだ。

頭の中はお婆さんのことでいっぱいで、白無垢を勝手に持ち出したこととか、隆道さんに許可を取っていないこととか、そんな大切なことに気づかないふりをした。

*

お婆さんが入院しているという大学病院に着いたのは、面会終了時間の五分前だった。

受付でお婆さんが入院している部屋を聞き出すと、走って病室に向かう。看護師さんからなにかを注意された気がしたが、そんなことにかまっている場合ではなかった。

「失礼します！」

病室にたどり着くや否《いな》や、扉を勢いよく開けて中に入った。

「貴方は……」

お婆さんの息子さんや彼の奥さん、そしてまだ幼い子供達が驚いたように僕に視線を向ける。

彼らが囲んでいるベッドには、酸素マスクをつけたお婆さんが弱々しく横になっていた。

ここまで全力疾走してきたため、全身汗だくで息は絶え絶えだ。肩で息をしながら彼らに一礼すると、笑う膝を無理矢理動かしてゆっくりとお婆さんに近づいた。

突然のことに理解が追いついていないお婆さんの家族達は、唖然《あぜん》としたまま道を空《あ》けてくれる。

ベッドの横に立ちお婆さんの顔を覗き込むと、彼女は目を閉じて苦しそうに呼吸を繰り返していた。

その姿はつい数ヶ月前に亡くなった祖母のようだった。脈も微弱で、いつ別れの時がきてもおかしくない。

――心配しなくて大丈夫だよ。今までありがとう。一緒に暮らせて楽しかった。

僕は祖母を看取ったのに、そんな言葉も伝えられずに別れを迎えてしまった。もうそんな後悔はしたくないし、お婆さんの家族にもそんな思いをさせたくない。

震える手でたとう紙を開き、丁寧に白無垢を広げた。

「お婆さん。白無垢、着てみませんか」

掠《かす》れた声で話しかけたが、呼吸音だけで返事はない。それでも僕は布団の上から白無垢を優しくかけた。布団を少し捲《めく》り、管が繋がった細い手を握りながらお婆さんの耳元に口を寄せる。意識はなくても、聴覚は働くと聞いたことがある。きっと声が届くと信じ、僕は言葉を紡《つむ》いだ。

「お婆さん、店でずっと見ていた白無垢ですよ。とってもよく似合っています。きっと旦那さんが見つけてすぐ飛んできてくれますよ」

「ふふ、とっても素敵な花嫁さんね。私の目に狂いはなかったわ」

お婆さんの枕元に立った椿は、彼女の頬に優しく両手を添え、微笑んだ。すると白無垢が月の光を浴びたように淡い光を放ちはじめたではないか。

「……あぁ、きれいだねぇ」

お婆さんがゆっくりと目を開けた。息子さん達が驚いてお婆さんの顔を覗き込んだため、僕は握っていた手をそっと置いてベッドから離れた。

ベッドを囲む家族達から数歩離れ、僕はお婆さんと椿を見守っていた。

「母さん！」

「――ああ……むかえに、きてくれたのかい……たかふみ、さん」

うわ言のようにゆっくりと言葉を紡ぐお婆さんの目には、涙が浮かんでいた。

ふと見ると、お婆さんの枕元には椿とは別の人影が佇《たたず》んでいた。

紋付袴《もんつきはかま》姿の年若い青年が、愛おしそうにお婆さんを見つめながら、その頭を優しく撫でている。

きっと若くして亡くなったという、お婆さんの旦那さんだろう。そして、お婆さんには彼が見えているんだ。

「あいたかった……ずうっと、ずうっと……まってたんだよぉ……」

お婆さんの目から涙が止めどなく溢《あふ》れて頬を伝い、枕を濡らした。

青年はゆっくりと頷いて、優しそうな笑みを浮かべていた。なにかを話すように口が動いているが、その声はお婆さんにしか聞こえていないのだろう。

「ぼうや、ありがとうねぇ……」

お婆さんが僕の方を見て、嬉しそうに微笑みながらお礼を言ってくれた。

その瞬間、心がすうっと軽くなり、なんとも表現できない温かさが胸に広がった。

ああ、僕はお婆さんのこの表情を見たかったんだ。そのために、僕は椿をここまで連れてきたんだ。

疲れて震える足も、切れる息も、今までの迷いも、不安も、その一言ですべて消えていく気がした。

そしてお婆さんは涙を流す息子さんの頬を撫でながら、優しく微笑んだ。

「たかとし……いままで、めいわくかけたねぇ。りえさんと、こどもたちと……なかよくね……」

その言葉を最後に、お婆さんは眠るように息を引き取った。

先程までの苦しげな表情が嘘のように、安らかで幸せそうな顔だった。

「……どうして、貴方はこんなことを」

力が抜けたお婆さんの手をそっと布団に置いて、息子さんが不思議そうに僕の方を見た。

「お婆さんは、この白無垢を着れば、亡くなった時に旦那さんが見つけてくれると思っていたそうです」

息子さんは信じられないと言うように、肩を震わせた。

「お店にいらしていた時に、本人からうかがいました。……お婆さんは、最初は認知症になったふりをしていただけなんです。小言を言われるのが嫌で……演技をしていたら、いつの間にか嘘が本当になってしまったと言っていました」

「じゃあ母さんは本当は……」

お婆さんが亡くなってしまった今、彼女の真実を伝えられるのは僕しかいない。せめて誤解だけは解きたかった。

「お婆さんは、自分が自分でなくなっていく恐怖を抱えながら、家に居場所がない寂しさを感じながら、自業自得だからって言って、ずっと我慢していたんです。だから、どうか、お婆さんを恨まないでください。怒らないでください」

「貴方はそれを伝えに、わざわざ来てくださったんですか」

「……僕が部外者なのはわかっています。迷惑だということも重々承知していました。でしゃばってしまって、すみませんでした」

息子さんの目をしっかりと見て、深々と頭を下げた。

彼らはなにか言おうとしているようだったが、僕は白無垢を紙袋の中に手早くしまい、それを抱えたままもう一度頭を下げて病室をあとにした。

そのまま足早に病院を出て、まっすぐ駐輪場へ向かう。そこでようやく足の力が抜けて、自転車に凭《もた》れかかるようにして座り込んだ。

「……終わった」

心臓は痛いくらいに高鳴って、膝も手も痙攣《けいれん》するように震えている。頭がぐるぐると回り、顔も熱い。

「ありがとう、坊や」

「一樹、よく頑張ったね」

蹲《うずくま》る僕に、二人の付喪神《つくもがみ》はずっと寄り添ってくれていた。

＊

店に帰る頃にはすっかり日が暮れ、暗くなっていた。

店の明かりは点《つ》いておらず、僕は閉まった引き戸の前で固まってしまう。

帰り道、冷静になって考えたが、僕は店の商品である白無垢を勝手に持ち出したのだ。おまけに箪笥《たんす》をちゃんと閉めたかも思い出せない。

　このまま一度家に持ち帰って明日返そうと思ったが、それはそれでいけない気がした。

　もし扉が開いたら、素直に謝ろう。緊張しながら戸を引くと、鍵はかかっておらず難なく開いた。

　なんて不用心さだと思いながら、そろりそろりと足を踏み入れる。

「大丈夫、私も一緒に怒られるから」

「そうだ。皆で謝ればきっと許してくれるよ」

　時計の彼女の言葉に、椿が同調したように頷く。しかし二人も怯《おび》えているようで、心なしか声が小さく上《うわ》ずっていた。

　恐る恐る暗い店内を見回したけれど、誰の姿も見えない。

　抜き足差し足でそっと桐箪笥《きりだんす》との距離を詰めていくと、ぱちりと電気が点けられた。

「なにしてんだ、ドロボーさん」

　地を這《は》うような低い声が聞こえてきて、僕達は飛び上がりそうになる。

「……た、かみちさん。いつから」

「お前が扉を開けて、恐る恐る入ってきたところから」

ゆっくりと横を見ると、壁に凭《もた》れかかりながら不機嫌そうに腕を組んで、隆道さんが立っていた。

「おかえり。まったく、こんな遅くまで働くなんて、仕事熱心なバイト君だなぁ？」

不機嫌そうな表情が一変、目も口元も完璧な弧を描き、今まで見たことがないくらい満面の笑みを浮かべて僕達を見つめている。

聞かずともわかる、隆道さんはかんかんに怒っている。激怒も激怒、大激怒だ。

これでもかというくらい足が震えはじめ、今すぐここから逃げろと本能が警鐘を鳴らしている。

一緒に怒られると言っていた椿と時計の彼女は僕の背中に隠れ、身を縮こまらせる始末。

「あ、あの……ぼ、ぼく……その……」

隆道さんは僕につかつかと歩み寄り、笑顔のまま僕を見下ろした。

「許可も取らず、店の物を勝手に持ち出した挙句、なにも言わずに返して帰ろうなんてどういう了見だ？　バレないとでも思ったのか、ああ？」

「……す、みませんでした」

そのことは素直に謝らなければいけない。言い訳もせず、僕は深々と頭を下げた。

頭を下げた途端、鈍い痛みが頭に広がる。涙目になりながら上を見ると、隆道さんの硬い拳が頭に振り下ろされていた。

「なにか言い訳があるならじっくり聞こうか、高峰一樹君？」

「あの、えっと、僕……は、その……」

「わ、私が、一樹をそそのかしたの。もとはと言えば、背中押しちゃった私のせいで……椿を勝手に持ち出したのは悪いけど……でも、えっと、一樹は悪いことをしたわけじゃなくて」

「勝手に連れ出したわけじゃないのよ。ちゃんと私の意思を確認してくれたし、私も望んで彼についていったの。だからその、彼だけのせいじゃないというか……」

時計の彼女と椿はしどろもどろになりながらも、必死に僕を庇《かば》ってくれた。

しかし隆道さんは彼女達の話に一切耳を傾けず、一睨《にら》みしてぴしゃりと言い放つ。

「お前らの説教はまたあとだ。俺は今、一樹と話してる。外野は黙ってろ」

すると二人は目にも留まらぬ早業で僕の背中に再び隠れた。

「それで、一樹。どういうつもりだ」

隆道さんは決して僕から目を離そうとしなかった。

沈黙がどれだけ続こうと、彼は僕を見逃しはしないだろう。このまま僕が事の顛末《てんまつ》をすべて話すまで、何時間でもこうしているに違いない。

覚悟を決めて、自分のつま先を見つめながら、震える声で言葉を紡《つむ》いでいく。

「ぬ、盗むつもりはなかったんです……その。その時は、えっと、頭の中がいっぱいで……だから、その……」

「人と話す時は目ぇ見て話せ。それとも……お前は俺から目を逸《そ》らさなきゃならないほど、悪いことをしたのか？」

その言葉に、はっとして僕は隆道さんを見上げた。

確かに、僕は勝手に白無垢を持ち出した。それは悪いことだ。

でも、それ以外のことは、僕がお婆さんにしたことは後悔なんてしていない。

背筋を伸ばし、隆道さんをまっすぐ見つめた。

「……お婆さんに、白無垢を着せてあげたかったんです。椿にも、最期にあのお婆さんと会わせてあげたかった。僕の、わがままかもしれないけど……お婆さんの気持ちを、息子さんに伝えて……あげたくて。でも、白無垢を勝手に持ち出したのは……すみませんでした」

声は震えていた。勇気を振りしぼるために痛いくらいに拳を握りしめる。

それでも、僕は隆道さんから決して目を逸らさなかった。

僕の言葉を最後までしっかりと受け止めた隆道さんは、無表情のまま僕の頭に手を載せた。

「次からはちゃんと言え。じゃないと俺が困るから」

「……あ、の。怒らないんですか？」

馬鹿か、と心底呆れたように隆道さんは溜息をつく。

「俺が怒ってるのは、お前が勝手に商品を持ち出したことだけだ。あとはお前がよかれと思って動いたんだろ」

「……はい」

「あの息子さんの誤解は解けて、婆さんも笑って逝《い》ったんだろ」

「……はい」

「ならそれでいいじゃねぇか。婆さんも、椿も喜んだ。それで十分だろ。それ以上怒る必要がどこにある？」

先程までの怒りはどこへやら、隆道さんは笑いながら平然と言い切った。

その時、応接スペースの奥の扉が開いて尊さんが出てきた。

「ようやく帰ってきた。さぁ、隆道も一樹も、美味しい煮込みハンバーグができているよ。待ちくたびれてお腹がぺこぺこだ」

早く早く、と尊さんが手招きしている。

「……ほら、早く行くぞ。椿のレンタル料、借金に上乗せしとくからな」

「はい」

隆道さんは僕の髪をぐしゃぐしゃとかき回すと、それ以上なにも言わず応接スペースに移動する。

僕はほっとして溢《あふ》れる涙を袖で拭《ぬぐ》いながら隆道さんのあとについていった。

✽

私に袖を通した娘は、誰ひとりの例外もなく皆、綺麗になる。

私の役目は花嫁を綺麗にして、その幸せがいつまでも続くようにと祈ること。

表に出る機会は少ないけれど、その分出番の時を誰よりも楽しむの。

私が楽しめば、着物は月の光みたいに輝いて、花嫁をより一層美しく見せる。

私を着た花嫁は必ず幸せになれる、なんて言われて、引く手数多だった時もあるの。

色んな娘と一緒に結婚式に出て、幸せそうな彼女達の顔をすぐ傍で見守れることがなによりも嬉しかった。

花嫁も、花婿も、その家族も、参列者も、皆が笑顔になる。それが私のなによりの幸せだから。


けれど、いつしか私は本来の役目を果たせなくなった。

光り輝く白無垢だと、物珍しそうに目を輝かせる収集家の手を転々とすることになったのだ。

楽しい時間が減った私は光り輝くこともなくなり、やがて暗い場所で眠ることが多くなって――気がつけば、あの骨董店に流れ着いていた。

ああ、なんて退屈なのでしょう。

欠伸《あくび》が止まらなくて、寝ても寝ても眠い。

あの頃見ていた世界はもっと輝いていたというのに、いつから世界はこんなに暗くて退屈になってしまったのかしら。

ふと、自分の着物を見て気づいたわ。

あれだけ輝いていた真っ白な着物がくすんでいるの。

着物は袖を通されるためにあるもの。

白無垢は女性を輝かせるためにあるもの。

その役目を果たせなくなった私は、死んだも同然だった。

このままひとりで退屈な日々を過ごすのであれば、いっそのこと消えてしまいたい、なんて思っていたの。


そこに、あの娘《こ》が現れた。

私を見た途端、目を輝かせて、とても綺麗だと褒めてくれた。

綺麗だなんて、どれくらいぶりに言われた言葉だったかしら。とてもとても嬉しかったわ。

皺《しわ》くちゃで、背中がまあるく曲がっていて、髪は真っ白な可愛い娘。

貴女は自分が老いたことを嘆いているけれど、私はそんな貴女がとっても好きよ。

恋する少女のように、私を見つめる瞳が好き。

懐かしそうに、愛おしそうに私を撫でてくれるその手が大好き。

輝けなくなった私を見て綺麗だと笑ってくれた、その笑顔がなによりも愛おしい。

私をもう一度輝かせてくれたのは、あの娘と――あの坊や。

坊やが私を彼女のところに連れていってくれてよかった。

またこうしてひとり、女の子を綺麗にして、その笑顔を見られたことがたまらなく嬉しかったの。

そしてできることなら、私はずっとあの娘の傍で、あの娘の幸せを祈りながら、一緒に輝いていたい――そんな夢みたいなことを思ってしまったの。

＊

お婆さんが亡くなった日の翌朝、目を真っ赤にした息子さんが店にやってきた。

そして僕を見るなり深々と頭を下げた。

「その白無垢を譲っていただけないでしょうか」

ちょうど白無垢を畳んでいた隆道さんが動きを止め、椿も驚いたように息子さんを見た。

「納棺の時に母に着せたいのです。天国で、無事父と再会できるように……」

つまりは、白無垢ごと火葬するということだ。白無垢が燃やされてしまえば、椿も消えてしまうのではないか。

隆道さんはすぐに返事はせず、答えを求めるように椿を見つめた。その様子を見て、息子さんは隆道さんが渋っていると思ったのだろう。さらに言葉を重ねる。

「年代物の品をすぐに火葬するなんて……酷い扱いになってしまうことは承知の上です。でも、でも……どうしてもその白無垢を母に着せてやりたいのです」

息子さんはなにも答えない隆道さんに、深々と頭を下げ続けた。

「喜んで引き受けましょう」

椿はなんの迷いも躊躇《ためら》いもなく、満面の笑みを浮かべて嬉しそうに答えた。

「なんで。燃やされたら消えてしまうんじゃ……」

思わず僕は口を開いていた。

僕があんなことをしたせいで、椿が消えてしまう。確かに退屈を嘆いていたけれど、椿だってまだ生きていたいはずだ。

「長い間忘れていたけれど、私を着た娘達《こ》は皆綺麗になって、幸せそうに笑っていたの。あの子と会った時、そしてあの子を看取った時、彼女はとても綺麗に笑っていた。私に触れる手が、私を見る目が、とても優しくて温かくて……懐かしかった。この店は好きだけど、またああやって退屈な日々が来るのなら、私は輝いたまま逝《い》きたい。そして、最後にもう一度あの子の笑顔を傍で見たいの」

消えてしまうというのに、椿の瞳は世界に初めて色がついたかのようにきらきらと輝いていた。

それに呼応するかのように、白無垢も月明かりのごとく輝き出す。

「坊や……そんなに泣きそうな顔をしないで。貴方が連れ出してくれたおかげで、私は久々に外の景色を見られた。そして最後に、もう一度誰かの役に立つことができる。私達物にとって誰かの役に立てるということは、それはそれは幸せなことなのよ。すべて貴方のおかげ。決して貴方の咎《とが》ではないわ」

椿は僕の頬に両手を添えて、諭《さと》すようにゆっくりと言葉を紡《つむ》いだ。

「あの世でも持ち主の役に立てるなんて、付喪神冥利《つくもがみみょうり》に尽きるわ！」

そう心の底から笑う椿の表情からは、数日前に漂《ただよ》わせていた陰気さは微塵《みじん》も感じられない。

梅雨が明けたような晴れ晴れとした笑みを浮かべ、椿は最後の持ち主のところに旅立っていった。

＊

数日後、お婆さんの葬儀はしめやかに行《おこな》われた。

椿の見送りも兼ね、僕は霧原夫妻と一緒に葬儀に参列することにした。

家族葬のため参列者は少なかったが、皆がお婆さんの死を悼《いた》み、涙を流したいい式だったと思う。

「死んだ人に白無垢着せてもいいんですか」

出棺前、僕は隣に立つ隆道さんに尋ねた。

「今は故人が好きだった服を着せることもあるみたいだな。それに、昔は嫁ぐってのには今までの自分は死んで、生まれ変わって新たな家族のところに行く……って意味も込められていたみたいだからな。白無垢と死装束《しにしょうぞく》はある意味似たようなものだと思えば、悪くはないだろう」

「そうなんですか」

「まぁ、諸説は置いといて……本人が満足そうだから、なんだっていいんじゃないか？　なぁ、椿」

棺《ひつぎ》の上に腰かけた椿に隆道さんが声をかけた。

「ふふ、私を着た人は皆幸せになるんだから、当然でしょう」

ちらりと棺の中を覗き見た時、お婆さんの表情は本当に幸せそうで、花嫁のように綺麗だった。


葬儀の帰り道。

車を運転する隆道さんはネクタイを解《ほど》いて助手席に座る尊さんに渡し、疲れたように大きく息をついた。

僕は後部座席で窓に凭《もた》れかかりながら、流れる景色を眺めている。

「本当によかったんでしょうか」

「椿も喜んでたし、婆さんも幸せそうだったろ」

それでもやはり、もう椿がいないと思うと、なんだか虚《むな》しいような、悲しいような感じがして、心がぎゅううっと痛む。

「あの……ひとつ聞いてもいいですか?」

「ん?」

隆道さんはハンドルを握りながら、僕の言葉を待っていてくれた。

「……なんで椿を手放したんですか?」

「俺はどれだけ金を積まれようが、本人が望まない場所には送らない。確かにあんな上物の着物を失うのは惜しいことだが……椿が望んだことだ。人が物を選ぶように、物にも人を選ぶ権利はあるだろ。ウチの店にいる付喪神《つくもがみ》達は、良くも悪くも色んな事情を抱えてる。俺は付喪神と、そいつらを幸せにしてくれる相手との橋渡しをしてるだけだ。椿を望むヤツがいて、椿もそこへ行くことを望んだから、俺はあの婆さんの息子に椿を渡した。それだけだよ」

隆道さんは淡々と答えた。

彼が毎日念入りに骨董品を手入れしているのは、付喪神達への愛情ゆえのこと。だから店の付喪神達も隆道さんを慕っているのだろう。

「使われない道具なんて、死んだも同然なんだよ。だから、死んでいた椿を生き返らせたのは一樹なんだ」

時計の彼女がそう言って僕の頭を撫でてくる。

「そいつ言う通り。あの退屈そうな椿の生きる意味を見出して、もう一度輝かせたのはお前だよ。上出来だ、一樹」

二人に褒められて、なんだか鼻がつんとして涙が出そうになった。

「ほら、帰ってどら焼き食うぞ」

そのあと店に帰り、お婆さんがいつも座っていた席にどら焼きを置いて、皆でお茶を飲んだ。

ここ最近、ずっとお婆さんの相手をしていた隆道さんと尊さんは、涙は見せずともどこか寂しげな様子だ。僕も僕で、祖母に似た温かい手の感触を思い出して、少しだけ寂しくなったのだった。

第四話　神鏡

「一樹くぅーん、さっきの試験どうだった？」

「ああ……手応えはあったよ。単位は取れたと思う」

死にそうな顔をした加賀が僕の肩に凭《もた》れかかりながら、気色悪い猫撫で声を上げた。

どうやらこの様子だと、あまりいい結果は期待できなそうだ。

七月後半——現在大学は試験期間真っ最中である。

連日続く試験や怒濤《どとう》のレポート地獄が終われば、晴れて僕達は大学生活初めての夏休みを迎えることとなる。

「レポートは提出したのか」

「なんとかねぇ……それにしても、お前は意外と余裕そう……っていうか、地味に優秀だよな」

「まぁ、必要最低限の努力はしてるからね」

一応、死んだ両親が残してくれたお金で大学に通っているのだ。

遊びながら単位数ギリギリで卒業するのは、両親に申し訳が立たない気がして、ある程度の成績は修めようと決めていた。

「そういえばさ、最近宮藤さん元気なさそうじゃないか？　今日も解答用紙にさっさと答え書いて、さっさと教室出ていったし」

言われてみれば、ここ最近宮藤さんとまともに顔を合わせていないことを思い出した。

彼女と最後に話したのは、お婆さんのことについて相談に乗ってもらった時だ。

あの時は普通だったけれど、加賀の言う通り、最近宮藤さんの様子はどこかおかしかった。

思いつめたような表情で廊下を歩いており、すれ違っても僕に気づくことはない。

試験日はさすがに来ていたようだが、先週の授業ではほとんど彼女の姿を見なかったような気がする。

だが優秀そうな彼女なら、あの程度の試験なんて余裕綽々《しゃくしゃく》に違いない。

「お前仲いいんだろ？　なんか知らねぇの」

「知らないよ。それに、別に仲がいいわけじゃない」

宮藤さんも、僕なんかと仲がいいと思われるのは迷惑だろう。そう思い素っ気なく答えると、加賀は不満げに口を尖《とが》らせた。

「なんだよ、冷たいやつだなぁ……」

そもそも僕に宮藤さんのことを聞くのが間違っている。

僕は宮藤さんと何度か話したことがあるだけで連絡先も知らないし、ましてや友人と呼べるほど近しい間柄でもない。

仲がいいと言って羨《うらや》ましがるし、それを否定をすれば不満がる。お前は僕達に一体どうあってほしいんだ、と喉まで出かかったツッコミを寸前で呑み込んだ。

「今度会ったら、たまにはお前から声かけろよ、な？」

「わかったよ。じゃあ、僕これからバイトだから……」

リュックを肩にかけ席を立った僕の腕を、すかさず加賀が掴んだ。

「おいおい、一樹君よぉ！　これから二ヶ月間離れ離れになる友人に対する別れの言葉にしては素っ気なさすぎやしねぇか！」

「実家帰るんだっけ？　気をつけてな。じゃあ、また二ヶ月後に……お元気で」

「寂しがらなくてもメッセージは送るから、安心してくれ！　ちゃんと返事くれよな！」

叫ぶ加賀に背を向けたまま手を振って別れを告げ、教室を出て長い廊下を歩く。

最初はやたらテンションが高い加賀に圧倒されていたが、ここ最近一緒にいていつしかそれが当たり前になってしまっていた。

友人、と僕が呼んでいいものかはわからないが、端《はた》から見た僕と加賀は友人同士に見えているのだろう。

僕も、彼が僕のことを友人だと思っていてくれたら嬉しいとは思っている。

加賀は、明日から実家に帰るという。

暑い夏。帰る家もない僕は、この長い長い夏休みをたったひとりでどう過ごしたものかと、困り果てて天井を仰いだ。

そうしていると、時計の彼女が出てきて声をかけてくる。

「ねぇ一樹。あの宮藤って女の子、大丈夫なのかな」

確かに、宮藤さんのことは心配だった。

『高峰君って、見える人……なの？』

あの日バスから逃げ出した僕は、いまだにその質問に答えられていない。

あれから少し時間が経ち、もしかしたら宮藤さんはもう、あのことを忘れているかもしれない。だが僕は、あの時逃げ出したことが、いつまでも喉の奥に刺さったまま取れない魚の骨のようにひっかかっていた。

＊

「ああ、カズキ。ちょうどよかった！　来たばかりで申し訳ないけど、これ運ぶの手伝ってもらってもいいかな」

店に入ると、積み上げられた段ボールを持った人物が目の前に現れた。段ボールのせいで顔はわからないが、声からして尊さんに違いない。彼女が持つ段ボールの上の方は今にも崩れそうに大きく揺れていた。

僕は荷物も下ろさずに、慌てて積み重ねられた段ボールを三箱ほど持ち上げる。箱の大きさに反して、中になにも入っていないかのように軽く、変に力を込めてしまったためか大きく仰《の》け反った。

「助かったよ。軽いと思って調子に乗って積み重ねたら、前が見えなくなってしまって……それ、奥の倉庫に適当に置いておいてほしいんだ」

「無茶しないでくださいよ。ってか、これ軽いですけど、なにが入ってるんですか？」

「配送用の梱包材だよ。タカミチが注文数を間違ってね。十箱も届いてしまったんだ」

それは非常に大変だ。

この店の倉庫はただでさえ物で溢《あふ》れているのに、さらに段ボールが増えるといよいよ物の置き場所がなくなってしまう。

店の経営に関わる部分についてはしっかりした人だと思っていたが、人並みにドジを踏むこともあるらしい。

店内の細い通路を身を捩《よじ》りながら歩き、奥に進む。すると倉庫で桐箱に貼ってある札を取り替えていた隆道さんと目が合った。

「この梱包材、どうするんですか。配送の注文なんて、ウチの店にそうそう入らないでしょう」

「今度、知り合いの古物商が骨董品を買いつけに来るから、その時これで梱包するよ」

「それでもこの量は使い切れないんじゃ……」

「うるせぇ……それ終わったら、壺《つぼ》と皿磨くの頼むわ」

「はい。わかりました」

この店で働きはじめて早二ヶ月。最初は掃除くらいしかできなかった僕も、今や骨董品の手入れを任されたり、二人に軽口を叩けるようになってきた。人は変われるものらしい。

僕は梱包材をしまい終え、言われた通り磨き布を手に取って皿磨きをはじめる。

「やはり磨かれると気持ちいいね。それに、一樹もなかなか手つきがよくなってきたじゃないか」

「ありがとう」

最初は僕とは距離を取っていた付喪神《つくもがみ》達も、段々と声をかけてくれることが多くなった。半ば強制的にはじめることになったこのバイトも、少しずつ楽しめるようになった気がする。

「そういや一樹、今日から夏休みだっけ?」

「正確には来週からですよ。だけど僕はもう試験がないので、ほぼ夏休みのようなものです」

「ほぉ、それならいつでもバイトに来られるな」

悪どい顔でこちらを見てくる隆道さんに、思わず言葉を詰まらせた。

「……僕を働かせ潰すつもりですか」

「予定があるなら優先してもいいが、どうせなんもねぇんだろ？　家に閉じこもってるより、こっちにいた方が寂しくないんじゃねぇか？」

すべてを見透《みす》かしたように笑う隆道さんに、図星を指された僕の肩はびくりと跳ね上がった。

バイトに来るといっても、ここの仕事は目まぐるしいほど忙しいことなんて滅多にない。

こうして掃除をして、気が向けば骨董品の配置替えをして、付喪神達の相手をしながらソファでお茶をするだけ。

どうやら僕の夏休みは、のんびりとしたバイト三昧になりそうだ。

外はうだるように暑い。蝉《せみ》もうるさいほどに鳴き喚《わめ》いている。

夏はまだまだ始まったばかりだ。

「――すみません！」

穏やかな空気を切り裂くように、悲痛な声を上げながらひとりの客が飛び込んできた。

誰かに追われていたのだろうか、それとも誰か倒れたのだろうか。そんな悪い予感が頭を過《よぎ》るくらい、切羽詰《せっぱつ》まった声だった。

皆が慌てて入口の方に駆け寄ると、そこにいたのは――

「宮藤さん……どうしてここに」

彼女は膝に手を当てて、息を切らしている。

どこから走ってきたのやら、長い髪は汗で濡れていて、ぽたぽたと額から雫が落ちていた。

何故彼女がこんなところにいるのか。

状況が呑み込めないでいると、宮藤さんは足を縺《もつ》れさせながら僕の腕に縋《すが》りついてきた。

「カミサマを助けて！」

泣きそうな表情をした彼女の顔色は青白く、今にも倒れてしまいそうなほどにやつれていた。

「お願い。早く……早くしないと、あの人が……」

宮藤さんは俯《うつむ》いて肩で息をしながら、僕の腕を爪痕が残りそうなほど強く掴む。

背後で尊さんが慌てて店の奥へ走っていくのを感じながら、僕は宮藤さんを落ち着かせようと優しく声をかけた。

「宮藤さん、なにがあったの」

「いいから、早く……」

意識が朦朧《もうろう》としてきているのか、僕の手を引く宮藤さんの手からは徐々に力が抜けはじめていた。

夕方になり少しは日差しも弱まったが、まだまだ暑さが厳しい外に、こんな状態の彼女を出すわけにはいかない。

「落ち着きなさい」

尊さんの冷静な声が聞こえたかと思えば、宮藤さんの首元には濡れたタオルが当てられて、彼女の体が驚いたようにびくりと大きく震えた。

タオルの冷たさで我に返ったのか、宮藤さんの虚《うつ》ろな瞳に光が戻る。

「とりあえず座って、ゆっくり休んで。話はちゃんと聞くから……ね？」

宮藤さんの両肩に手を置いて言い聞かせるように言葉を紡《つむ》ぐと、彼女は黙ったまま小さく頷いた。

ゆっくりと手を引くと、宮藤さんは僕に続いて足を動かしソファに座ってくれた。

尊さんがスポーツドリンクをグラスに注《つ》いで差し出せば、余程喉が渇いていたのか宮藤さんはごくごくと一息に飲み干した。

「……取り乱してすみませんでした。私、宮藤渚と申します」

コップを机の上に置くと、すっかり平静を取り戻した宮藤さんは礼儀正しく頭を下げた。

「高峰君……私」

「お客さんはうちのバイト君と知り合いなのか？」

「はい。高峰君と同じ大学に通っています」

宮藤さんは首元のタオルを押さえながら、隆道さんの質問に答える。

すると霧原夫妻は同時に僕の顔を見たあと、二人で顔を見合わせ、納得したように大きく頷き合った。

恐らく、以前僕がバスで一緒に帰った人物が、彼女であることを察したのだろう。相変わらず頭の回転と理解が速くて助かる。

「それで、お客さん。そんなに慌てて、この骨董店に一体なんのご用でしょうか」

隆道さんは膝に両肘をついて組み合わせた手を口元に当て、まるで試すかのように宮藤さんを見据えた。

宮藤さんは隆道さんに臆《おく》することなく、背筋を正してはっきりと話しはじめた。

「このお店はあやかしが取り憑《つ》いた商品を扱っていると聞きました。私の家にある神鏡に憑いているカミサマを助けてほしいんです」

宮藤さんの発言に、全員が目を見開いた。

「一樹からなにか聞いたのか」

隆道さんと目が合うと、僕は全力で首を横に振った。

バイトをしていることは口にしたが、あやかしが憑いている商品を扱っていることは話していない。

宮藤さんは、いいえと首を横に振って、僕の隣にいる時計の彼女の方をちらりと見た。

「生まれてからずっとこの町で暮らしていたので、以前からこのお店の噂は聞いていました。最近まで半信半疑でしたが……高峰君の傍にいる女性のあやかしと、大学で会ったテディベア。そして彼が骨董店でバイトをしていると聞いて……」

「お前さんにもあやかしが見えるんだな」

宮藤さんはゆっくりと頷いた。

決してふざけている表情ではない。彼女には本当に見えているのだ。

予想はしてはいたが、実際に答えを聞くと衝撃に思わず頭が揺れた。

あのバスの中で、宮藤さんは確信を持っていて僕に質問したのだ。だというのに僕は逃げ出してしまって、本当に恥ずかしい。

「それで、その付喪神《つくもがみ》になにがあったんだ」

ひとり葛藤《かっとう》している僕を置いて、隆道さん達の話は進んでいく。

「最近とても具合が悪いんです。ずっと苦しそうに咳《せ》き込んでいて……特に今日は酷い状態で、このまま消えてしまったらと思うと怖くて……。一度家の方に診にきていただけませんでしょうか。もちろんお金はお支払いします」

宮藤さんは膝に手を当てて深々と頭を下げた。

「わかった。見るだけ見てみよう。ほら、一樹、行くぞ」

「え、僕もですか」

　驚いて顔を上げると、すでに準備をはじめている隆道さんが訝《いぶか》しげな表情で僕を見下ろしていた。

「当たり前だろ。その子はここに駆け込んできて、まずお前に助けを求めたんだ。これはお前への依頼でもあるんだぞ」

「巻き込んでごめんね、高峰君。よろしくお願いします」

　そうして僕はろくに返事することも許されず、隆道さんに首根っこを掴まれ、あれよあれよという間に車に乗せられてしまったのであった。

＊

　車に十分ほど揺られて降りた先は、宮藤神社。

　目の前には果てしなく長い石段が延びており、その天辺に大きな赤い鳥居が見える。階段の下にあるバス停と石碑には『宮藤神社』と書かれてある。

「あー……一応聞くけど、車で上がれる道とかは？」

百段は軽く超えそうな石段を見上げ、隆道さんは顔を引きつらせながら宮藤さんを見た。

「すいません、車では上がれないので、拝殿へ行くには階段を上るしかないんです」

申し訳なさそうに謝りつつ、宮藤さんは先陣を切って階段を上りはじめる。

隆道さんはしばらく頭をかきむしっていたが、観念したように深い溜息をつくと、下駄を鳴らして階段へ足を踏み出した。

「一樹、私達も行こう」

時計の彼女に手を引かれ、僕も二人のあとに続いて階段を上りはじめる。

古い石段は急で、踏面《ふみづら》の幅は少し狭い。はじめは一段飛ばしで上っていたのだが、徐々に息が上がり、最初のペースを後悔しはじめた。

休憩がてら途中で後ろを振り返ると、駐車場に停めた隆道さんの車がかなり小さく見える。

鳥居が近づいてきているとはいえ頂上はまだ遠く、上れど上れど終わらない。

「こ、の……階段……はぁ……一体、何段あるんだ……」

隆道さんはすでに息も絶え絶えで、いつの間にか宮藤さんとの距離がかなり開いていた。彼女はそこから隆道さんの声を拾い、申し訳なさそうに答える。

「すみません、あと四分の一くらいですので……もう少しだけ頑張ってください」

「なんでお前さんはそんなに平気そうなんだ……」

「嫌でも毎日上るので、すっかり慣れてしまいました」

宮藤さんは汗ひとつ流さず、普通の道を歩いているかのようにけろりとしていた。恐るべし神社の娘。

隆道さんは深い息を吐いて息を整えると、根性でどうにか長い長い階段を上っていったのだった。

「……っ、くそ。足が震える」

「ちょっ……大丈夫ですか！」

最後の一段を上り終えた瞬間、隆道さんは崩れ落ちるようにその場にへたり込んだ。この暑さの中動いたせいか、隆道さんの額からは汗がだらだらと流れ落ち、膝はかくかくと震えている。

「今冷たいお茶とタオルを持ってきますね！　御神木の下にベンチがあるので、そこで休んでいてください！」

疲れ果てた隆道さんを見て、宮藤さんは慌てて社務所に向かって走っていった。あの階段を上りきったばかりなのに、普通に走れるなんて彼女の体力は底なしなのか。

僕も明日訪れるであろう筋肉痛の恐怖を感じながら、どうにか隆道さんを御神木の下にあるベンチまで連れていった。

「ああ……涼しいな」

「そうですね」

御神木の太い幹に青々と生い茂る緑は暑い日差しを遮《さえぎ》り、心地よい日陰を作ってくれていた。葉が騒《ざわ》めくたび、ざあっと心地よい風が吹いてくる。町が見下ろせて、景色が綺麗なとても居心地のよい場所だ。

小さく古い神社だが、よく手入れされているように感じた。この神社には清らかな空気が漂《ただよ》っている。

きっと神様にも地元の人にも愛されている、いい神社なのだろう。

「すみません、お待たせしました！」

冷たいお茶とタオルを持って宮藤さんは戻ってきた。

「ああ、生き返る……」

隆道さんはグラスに注《つ》がれたお茶を一気に飲み干し、首にタオルを巻いて頭《こうべ》を垂れた。

「高峰君は大丈夫？」

「僕は平気だよ。お茶ありがとう」

隆道さんの背を摩《さす》りながら頷くと、宮藤さんは安心したように微笑んでお代わりを注いでくれた。

そのあと、隆道さんの回復を待って拝殿に移動した。

歴史を感じる木造の拝殿だ。

正面に置かれているのは、賽銭箱《さいせんばこ》。その真上にある鈴からは、紅白の鈴緒《すずお》が垂れている。太い注連縄《しめなわ》の奥には扉があり、格子窓からは拝殿の中が見える。そこから、大きな神鏡がわずかにうかがえた。

あれに付喪神《つくもがみ》が憑《つ》いているのだろうか。

「こちらになります」

建てつけが悪そうな鈍い音を立てながら、宮藤さんは拝殿の扉を開けた。

その途端まるで違う世界に踏み込んだかのように、ひんやりと厳粛な空気が流れ出てきた。

神社の拝殿の中に足を踏み入れるなんて初めてで、自然と背筋が伸びてしまうような神々しい気配を感じた。

「……渚。君は一体誰を連れてきたんだい」

薄暗い室内の奥から、苦しそうに掠《かす》れた青年の声が聞こえてきた。

宮藤さんが拝殿の明かりを灯《とも》すと、その声の主の全貌が明らかになった。

肩ほどまで伸びた亜麻《あま》色の髪と、緑の瞳。青白い顔をした袴《はかま》姿の儚《はかな》げな美青年が、祭壇の前で苦しそうに蹲《うずくま》っている。

「カミサマ。もう、大丈夫……助けてくれる人を連れてきたの」

不安げに僕達を見る青年を安心させるように、宮藤さんは彼に歩み寄ってその背中を優しく摩《さす》った。

「そいつが弱ってるカミサマか」

「はい。彼はこの神鏡に憑《つ》いたカミサマです」

カミサマの後ろ——この拝殿の中央にある大きな祭壇には、お神酒《みき》やお米、塩や果物などの供物をはじめ、催事に使う神具なども置かれていた。そして祭壇の一番上には木製の飾り枠に載った大きな丸い鏡があり、僕達の姿を映している。

「鏡を毎日磨いて、ここの掃除をして……お供え物も毎日取り替えたり……色々やっているんですけど、カミサマの具合は悪くなる一方で……どうしたらいいんでしょうか」

「……鏡、触ってもいいか」

「もちろんです」

隆道さんは拝殿の中を見回しつつ、持参した白い手袋をはめながら祭壇に近づいた。壊れないよう、両手で丁寧に重そうな神鏡を持ち上げる。

僕は蹲りながら咳《せ》き込んでいるカミサマのもとに歩み寄った。隆道さんが結論を出すまでの間に、僕にもなにかできることがあるかもしれない。

「宮藤さん、枕とか、タオルとかある？　そのままじゃいくら背中を摩っても辛いだけだと思うから、体勢を変えた方がいいと思う」

「わ、わかった！」

宮藤さんは大慌てで必要な物を取りに拝殿を出ていった。

「カミサマ、でしたよね……触ってもいいですか」

「ああ……」

この神社の神様か、それともただの呼称なのかはわからない。それでも敬意を払いつつ許可を得ると、うつ伏せになっているカミサマの体を起こし、仰向けに寝かせた。

「宮藤さんが戻ってくるまで、僕なんかの膝で申し訳ないんですけど、我慢してください」

頭が少しでも高くなるように僕はカミサマを膝枕し、時計の彼女に頼んで彼の両膝を立たせてもらう。

そこに宮藤さんが枕とタオルを持って戻ってくると、僕は膝を抜き、枕の上にタオルを重ねて高くしてそっと寝かせた。ずっと自分で膝を立てているのも辛いので、膝下にもクッションを置く。

「多少はマシになると思うんですけど……どうですか」

「ああ……幾分か楽になった……恩にきるよ」

ぜぇぜぇと相変わらず苦しそうな呼吸は続いていたが、咳は少し治まったようだ。

隣に座る宮藤さんの肩からわずかに力が抜けたのがわかった。

「ありがとう、高峰君。詳しいのね」

「……ばあちゃんもよく苦しそうにしていたから。こんなことしかできないけど」

ずっと表情を曇《くも》らせていた宮藤さんは、ようやく安堵したように笑ってくれた。その表情を見て、僕も心が少し軽くなった気がして微笑を浮かべる。

「宮藤さん、この鏡、本当に毎日磨いてるのか？」

隆道さんは眉を顰《ひそ》めながら、僕と宮藤さんの間に鏡を置いた。

神鏡は近くで見ると、鏡面を掌《てのひら》で何度も擦《こす》ったかのように酷く曇っていた。

木枠も年季が入っているというよりは、黒煙を吐き出す煙突の上にずっと置いていたかのように、どす黒くなっているではないか。

宮藤さんを疑うわけではないが、毎日念入りに手入れをしているとはとても思えない見た目だった。

「……綺麗にならないんです。何時間もかけて、色々手を尽くして磨いても……全然汚れが落ちないんです」

宮藤さんは悔しそうに膝の上で拳を握り、弱々しく呟いた。彼女の表情に、また暗い影が落ちる。

彼女の答えを聞いて、隆道さんは納得したように頷いた。その表情は、どこか悲しげにも見えた。

「宮藤さん、俺は回りくどいのは嫌いだ。だからはっきり言わせてもらうけど、大丈夫か」

返事の代わりに宮藤さんは隆道さんをまっすぐ見上げ、緊張したようにごくりと息を呑み込んだ。

「――この鏡はもう、寿命だ」

「じゅ、みょう？　え？　だって……物、ですよ？　そんな、寿命とかあるんですか……」

宮藤さんが動揺に打ち震える一方で、カミサマは平然とその言葉を受け止めた。

「人間が死を迎えるのと同じように、どれだけ念入りに手入れをしても、時間が経てば物だっていつかは壊れる。この世に永遠のものはないんだよ」

「えっ……あの、それでも……カミサマが助かる方法とか……あります、よね？」

宮藤さんは震える手で縋《すが》るように隆道さんの着物の裾《すそ》を掴んだ。

隆道さんはちらりと傍に横たわるカミサマを見つめた。カミサマはなにかを訴えるかのようにゆっくりと一度瞬《まばた》きをする。

「ないことはない」

「なら――」

自分の服の裾を握る宮藤さんの手を、隆道さんはそっと離した。

「だけど、成功確率は限りなくゼロに近い。仮に成功したとしても、今のままじゃその付喪神《つくもがみ》を苦しませるだけだ」

「そ……んな」

突きつけられた現実に、宮藤さんの手は力なく床に落ちた。

カミサマは宮藤さんを慰《なぐさ》めようと、わずかに体を起こし彼女の背中に手を伸ばして再び咳《せ》き込んだ。

我に返った宮藤さんは、慌てて彼の背中を摩《さす》る。

「渚、だから言っただろう。どうしようもないこともあるんだ……これでいいんだよ」

カミサマは瞳に優しい色を浮かべ、諭《さと》すように言った。けれど宮藤さんは隆道さんに向かって声を荒らげる。

「カミサマを見殺しにしろって言うんですか！　小さい頃からずっと一緒だったんです。一緒に遊んだり、慰《なぐさ》めてもらったり、友達が少なかった私にとって、大切な友達だったんです！　そう簡単に諦めることなんてできません！」

「……悪いが、付喪神《つくもがみ》を無駄に苦しませることは、俺もしたくないんでね。苦しまず楽に葬《ほうむ》る方法なら教えてやるよ」

宮藤さんとは正反対に、隆道さんはあくまでも冷静に、淡々と言い放つ。

あまりにも残酷すぎるその言葉に、宮藤さんは呆然と口を開け、言葉を失ってしまった。

そして宮藤さんは、助けを求めるように僕を見た。

しかし隆道さんができないと言えば、僕にはなにもできない。あやかしが見えるだけで、知識もない僕はなにも答えられず、膝の上に置かれた宮藤さんの手をそっと包んだものの、思わず視線を逸《そ》らしてしまった。

その時、僕の手に温かい雫が落ちてきた。

視線を上げると、宮藤さんの目から止めどなく涙が流れている。それはぽたりぽたりと何滴も僕の手の甲に落ちてくる。

「力になれなくて悪いな。ほら、今日は帰るぞ、一樹」

「ちょっ……」

涙を流す宮藤さんを無視して、隆道さんは先程と同じように僕の首根っこを掴んで拝殿の外に出た。

扉が閉まる瞬間、宮藤さんが両手で顔を覆い、声を上げることもなく静かに泣き続けているのが見えた。

そんな彼女を、カミサマがまるで他人事のように慰めている。

まるで二人が正反対のことを考えているかのように思えて、その光景は僕の脳裏に強く焼きついた。

＊

「隆道、あんなに冷たいこと言わなくてもいいじゃない！　カミサマを助けたがってる彼女に、殺す方法なら教えるだなんて、最低よ！」

誰も口を開くことなく長い石段を下りていると、先程の態度に耐えきれなかったのか、時計の彼女が隆道さんの前に立ちはだかった。

「片方だけが助けたいと思ってても無駄だろ。俺は降りるぞ」

さっきまであんなに真剣に鏡を見ていたというのに、今の隆道さんはカミサマから興味をなくしたように時計の彼女の横を通り抜けていく。

その背中からは、やるせなさのような、怒りのようなものが滲《にじ》んでいた。

それから十段ほど階段を下りたところで隆道さんは足を止めると、振り返って僕を見上げた。

「――あとは、お前が考えろ」

まるでカミサマを僕に託すとでも言うように、彼はまっすぐな瞳でこちらを見据えていた。

ざあっと風が吹き、木々が揺れる。

僕の頭の中には宮藤さんの泣き顔がこびりついて、ずっと離れなかった。

＊

――翌日。

かしゃん、と嫌な音が店内に響き渡った。

倉庫から商品を運び出す際躓《つまず》いて、持っていた段ボールを落としてしまったのだ。中から大量の梱包材と一緒に、絵皿が数枚転がり落ちてくる。

梱包材がなければ確実に割れていたに違いない。発注ミス様様である。

「おいおい、気をつけろよ。それ全部でいくらになると思ってんだ！」

「すみません……」

隆道さんに怒鳴られ、がっくりと肩を落とした。

「……カズキ、大丈夫？　今日は珍しく失敗ばかりじゃないか」

「一回失敗すると何度も続いちゃうよねぇ……」

尊さんと時計の彼女が心配そうにフォローしつつ、落ちた絵皿を一緒に拾い上げてくれる。

実は今日、隆道さんに怒られるのはこれが初めてではなかった。

掃除をすれば重要な書類を捨てかけてしまうし、お茶を淹れれば湯呑みをひっくり返す。

まだお昼にもなっていないのに、かれこれ五回は怒られた――それもこれも、宮藤さんとカミサマのことが気がかりで、まったく仕事に身が入らないからだ。

「そんなに気になるなら、神社に行ってくればいいだろ」

隆道さんは呆れたように頭をかきむしりながら、僕の心中を見透《みす》かしたように告げた。

「でも、隆道さんは断るって……」

「俺は降りるって言っただけで、お前も降りろとは一言も言ってねぇぞ。行きたきゃ行きゃいいだろ。つーか、行け。このままじゃ商品壊されそうだからな」

確かにこの間、あとはお前が考えろと言われた。

あんなに冷たい言葉を放ったにもかかわらず、彼はカミサマを救いたいのか救うつもりはないのか、なにを考えているかよくわからない。

そのまま無理矢理肩を押され、店の外に押しやられた。

「仕事だから時給はちゃんとつけてやる。熱中症には気をつけろよ」

外は快晴で、アスファルトからじりじりと暑さが照り返ってくる。

隆道さんはスポーツドリンクとタオルを乱暴に僕のカバンに突っ込んで渡すと、

さっさと店の中へ戻ってしまった。

優しいのか厳しいのか、まったくわからない。

「一樹、どうする？　行くの」

首を傾《かし》げながら、時計の彼女は僕の顔を覗き込む。

「……うん」

あんなことを言ってはいたが、きっと隆道さんも宮藤さんのことが心配なのだろう。

扉の前で深々と頭を下げ、リュックを背負うと自転車に跨《また》がって走りだした。

＊

筋肉痛に耐えながら自転車を飛ばして二十分弱。急な階段を上ること約五分。

頂上に着く頃には、僕はすっかり汗だくになっていた。

シャツがぴったりと背中に張りついて気持ちが悪い。こんなことなら着替えを持ってくればよかった。

少しふらつきながら拝殿の扉を開けると、やはり宮藤さんはそこにいた。

「え……高峰、君」

「こ、こんにちは……」

宮藤さんがこちらを向いて、まるで幽霊でも見たかのように目をまんまるくした。

「ど、どうしてここに……」

「隆道さんに追い出されたというか……どうしても気になって、自転車飛ばしてきたんだ」

昨晩あれからずっと泣いていたのだろう。彼女の目は真っ赤で、目の下にはくっきりと隈ができていた。

「そんな、わざわざごめんなさい！　今お茶持ってくるね！」

宮藤さんは大慌てで拝殿を出ていく。

拝殿の中は相変わらずひんやりとしていて、熱くなった体を冷やすにはちょうどいい。

静かな室内に、カミサマの咳が響いた。壁に凭《もた》れかかりながら座っている彼のもとに歩み寄って傍に腰を下ろす。

「……具合はどうですか、カミサマ」

「君が色々教えてくれたから、いくらか楽になったよ。礼を言う」

　確かに昨日より大分顔色がよくなったように見える。体を起こせるということは、体調も幾分かいいのだろう。

「昨日は隆道が酷いこと言っちゃってごめんね！」

　時計の彼女が気安い口調で話しかけると、カミサマはふと口を開いた。

「……ずっと気になっていたのだけれど、彼女は――」

「ええ。祖母がくれた懐中時計に憑《つ》いている付喪神《つくもがみ》です」

「ちなみに名前はまだないの！　よろしくね」

　彼女が元気に挨拶《あいさつ》すると、カミサマはおかしそうにくすりと笑った。その笑みはなんとも女性的で綺麗だった。

「二人は仲がいいんだな」

「……貴方と宮藤さんも、とても仲がよさそうに見えましたが」

「……渚は優しい子だからね。こんな私のことなんて、放っておけばいいというのに」

　カミサマは肩を竦《すく》めて悲しそうに笑う。

　するとちょうどそこに、お茶を持った宮藤さんが戻ってきた。

「話し声が聞こえたけど、二人でなにを話していたの？」

「……あ、いや」

「ただの世間話だよ、渚」

宮藤さんは麦茶を差し出して、僕の隣に腰を下ろした。

渇いた喉に冷たい麦茶が染みる。

不思議と誰も話をしなかった。グラスを傾けるたびに、氷がからんと鳴る音が聞こえるのみだ。

「……あ、のさ」

沈黙を破るように、僕は口を開いた。

宮藤さんが小首を傾《かし》げながら僕の顔を覗き込む。

ずっとうやむやにしてきたが、彼女とカミサマの力になるためには、まずあのバスの中での問いにきちんと答えなくては。

両手でグラスを握りしめると、再び氷がからんと音を立てた。

「あの時は、逃げ出しちゃったけど……僕は、その……あやかしが、見える……んだ」

俯《うつむ》きながら、恐る恐る言葉を発した。

宮藤さんにあやかしが見えることは知っているし、宮藤さんだって僕が見える人間だととっくに気づいているはずだ。

なにを今更と笑われるかもしれないが、けじめはきっちりつけねばならないと思った。

自分から相手にこんなことを話すのは生まれて初めてで――僕にとっては一世一代の大告白である。

誰も口を開かない。沈黙が恐ろしく、心臓が痛いほど激しく脈を打った。

宮藤さんの様子が気になって、恐る恐る視線を動かすと、目がぴたりと合った。

その瞬間、ぷっと宮藤さんが噴き出して、おかしそうに笑いはじめた。

「っふふ……今更、教えてくれなくても、もう知ってるよ。高峰君って変なところ真面目だよね」

「あ……いや、えっと……ごめん」

宮藤さんがくすくすと笑うものだから、恥ずかしくて顔に熱が集中する。反対側を見れば、時計の彼女も思い切りにやけているじゃないか。

グラスを床に置いて、膝を抱え頭を埋《うず》めた。もう誰とも顔を合わせたくない。

「……教えてくれて、ありがとう。私もね、高峰君と同じようにあやかしが見えるよ。高峰君が大学であやかしに囲まれてるところとか時々見かけて……もしかして私と同じように見えてる人なら仲よくなれるかもしれない、って思って……声かけちゃったんだ」

宮藤さんの言葉に顔を上げると、彼女は抱えた膝に頭を凭《もた》れさせながら、嬉しそうに微笑んだ。

その笑顔を見た瞬間、胸につかえていたものがすうっと溶けていくのがわかった。

ああ、答えられてよかった。

「その、時計のお姉さんとはずっと一緒にいるの？」

「いや……もともとは祖母の物で、亡くなった時に僕が受け継いだんだけど。僕に気を遣って、ずっと姿を隠してくれてたんだ。だから顔を合わせるようになったのは……ここ最近ってところ」

それから、ぽつりぽつりと自分のことを宮藤さんに話した。

幼い頃からあやかしが見えていたこと。両親が亡くなって祖母に引き取られたこと。あやかしが見えることで迷惑をかけないように、周囲と距離を取っていたこと――

初めて同年代の理解者を得られたことが嬉しかったのだろうか。自分でも驚くほど饒舌《じょうぜつ》になる。

「……そっか。バスの中であんなふうに聞いちゃって本当にごめんね。あやかしが見える苦労は私も知っていたつもりなんだけど、どうしても焦っちゃって」

「宮藤さんは……いつからあやかしが見えてたの」

「物心ついた時にはもう見えてたよ。私、昔は高峰君みたいに隠すのが上手じゃなかったから……友達もいなくて。だから、カミサマが私の初めての友達なの」

宮藤さんは隣に座るカミサマと目を合わせて嬉しそうに微笑んだ。

初めての友達が実家の神様だなんて、ある意味凄い交友関係だ。

「小さい頃はいつもここでカミサマと遊んでたの。同級生と遊ぶより、参拝に来てくれるお婆ちゃん達と話すより、カミサマといるのがとっても楽しかった」

「昔はあんなに小さかったのに……人間の成長とは本当に早いものだね」

二人はまるで年の離れた兄妹《きょうだい》のように仲睦《なかむつ》まじい様子だった。

僕と時計の彼女にはない、心の奥底から繋がった絆《きずな》のようなものを感じる。

「はぁ……やっぱり名前を呼んでもらえるっていいよねぇ。『キミ』とか、『ねぇ』とかじゃなく」

大きく背伸びをしながら、時計の彼女は羨《うらや》ましそうに僕を見た。

遠回しに嫌味を言われたような気がして、ぐさりと胸に刺さる。

「……お姉さん、名前がないの？」

「一樹につけてって頼んでるんだけど、なかなかつけてくれないんだよね」

唇を尖《とが》らせながら、彼女は僕をじっと見つめた。

「……言い訳になるかもだけど、思いつかないだけで考えてはいるんだよ」

あれから時折名前をノートに書き出してはいるのだが、これだというものが思いつかないのだ。

「いい名前、思いつくといいね」

「……うん」

宮藤さんに頼めば一緒に考えてくれるだろうが、やはりこれは自分ですべきことのような気がした。

色んなことが重なって頭が痛くなるのを感じながら、僕は再び膝に顔を埋《うず》めたのであった。

＊

それから僕はバイトの合間を縫《ぬ》って、カミサマの様子を見に神社を訪れるようになった。

店の仕事が疎《おろそ》かになってしまって申し訳なく思っていると、尊さんがもともとは二人でやっていたから大丈夫、と背中を押してくれた。

隆道さんも、なんだかんだ言ってカミサマのことが気がかりなのか、店に戻るたび彼の容態を尋ねてきた。

そうして神社に通うこと、三日。

あの長い階段を上るのにも慣れてきて、最初に比べるとかかる時間はぐっと短縮されたように思う。

「高峰君、いつも来てくれてありがとうね」

「いや。どうせ店にいても暇だし」

様子を見に来るといっても、本当にカミサマの様子を見に来るだけで、時折彼が発作を起こしても、僕も宮藤さんも背中を摩《さす》ってあげることしかできなかった。

しかし僕も、出来うる限りの手は尽くそうとしている。

先日は、宮藤さんが何度も磨いたと言っていた鏡を、僕も磨いてみた。

これだけ黒ずんでいるというのに、どれだけ拭《ぬぐ》っても真っ白な布巾《ふきん》には一点の汚れもつかない。けれど日が経つにつれて鏡はどんどん曇《くも》り、ますます人の姿を映しにくくなってきている。

一時は安定していたカミサマの体調も悪化する一方で、宮藤さんの表情は一向に明るくなることはない。

「げほっ……君達も、もういいというのに……よくもまぁ懲《こ》りずに」

咳《せ》き込みながら、カミサマは他人事のようにおかしそうに笑った。

細く弱々しい彼の手を、宮藤さんは両手で優しく包み込んで悲しそうに言葉を紡《つむ》ぐ。

「諦めないで。必ず、助けてみせるから」

「……本当に、渚は強情な子だね。ほら、そんな悲しい顔をするんじゃない。もう少しは傍にいられるから」

カミサマは宮藤さんの頬を撫でながらそう元気づけるが、宮藤さんの顔は曇っていく一方だ。

宮藤さんは困り果てたようにカミサマの肩に顔を埋《うず》め、声を殺して泣きはじめた。

「……なにもできなくて、ごめん。あの、僕じゃなんにも役に立たないかもだけど……もしなにかあったらここに、連絡して」

ほんの気休めにしかならないが、いざという時に助けを求められる相手がいればいいだろうと、僕は自分の連絡先を宮藤さんに渡した。

「ありがとう。こうして来てくれているだけで、嬉しいよ」

宮藤さんが一番辛いはずなのに、彼女は僕を気遣ってか嬉しそうに微笑んでくれる。

午後三時すぎ、そろそろ帰らなければと、別れを告げて拝殿を出る。

この神社の主かもしれないカミサマがあの中にいるというのに、神頼みというのもおかしなことだが、僕は賽銭箱《さいせんばこ》に小銭を投げ、どうか彼が元気になりますように、と手を合わせた。

「一樹、多分あの人はもう……」

「そんなこと言うなよ……」

少し強い語調で言うと、時計の彼女は首を竦《すく》めて申し訳なさそうに謝った。

背中を丸めて帰り道を歩いていると、階段の近くで掃き掃除をする袴《はかま》姿の男性を見つけた。

「あ、こんにちは。ご苦労様です」

「……こんにちは」

恐らく神主《かんぬし》さん――宮藤さんのお父さんだろう。

彼は僕を見るとすぐに頭を下げてくれた。

「あの、最近よく来てくれているようですが、君は渚のお友達、ですか？　いや、もしかして……」

「いえ、同じ大学の高峰と申します」

神主さんが複雑な気持ちがこもった目で僕を見たため、慌てて否定した。

恋人どころか、僕なんかが彼女の友人を名乗ってはいけないような気がして、あくまでも、『同じ大学』というところを強調した。

「……娘はずっとあんな調子なんです」

掃き掃除の手を止めて、神主さんはぽつりと心配そうに言葉を漏らした。

「その。あの子は少し人とは違うものが見えるようで……」

「知っています」

僕も見えていますとは言えなかったが、神主さんは安心したように息をついた。

「私も妻も、娘に見えるものが見えません。けれど、親として最低限理解はしている……つもりです。ですが、最近はずっと拝殿で寝泊まりをして……ろくに睡眠も食事も取らず……このままでは娘が倒れてしまうのではないかと、心配で心配で……」

自分に見えないものを理解することは至難の業《わざ》だ。たとえそれが愛する自分の娘の言うことだとしても、だ。

僕は祖母も見える人間だったため、身内の間でそういう苦労をした覚えはなかった。

だが、宮藤さんのご両親は違う。本当に存在しているかわからないものを看病して、娘が徐々にやつれていく姿を見ていることしかできないのは、あまりにも辛いことだろう。

「高峰さん、と言いましたね。貴方にも娘と同じものが見えているのですか」

その問いに、僕は神主さんの目を見てゆっくりと頷いた。

ここで否定したり話を逸《そ》らしたりしたら、宮藤さんのことまで否定してしまうような気がしたから。

あやかしが見えない人間に、見えることを知られるのは初めてだった。気味悪がられるのではないか、周りに言いふらされるのではないか。そんな不安が一瞬頭を過《よぎ》った。

その時、わずかに震える手をふと握られる。隣を見れば、時計の彼女が僕の手を握りしめていて、大丈夫だよと優しく微笑んでくれる。

「そうか……渚は友人が少ないので、貴方のような人が傍にいてくれて、本当によかった。娘のこと、よろしくお願いいたします」

「は……い」

僕の予想に反し、神主さんは恐れるでもなく戸惑うでもなく、ただ安心したように僕に深々と頭を下げた。

しかし神主《かんぬし》さんが思っているほど、僕はなにもできていない。

こうしてここに足を運んでいるだけで、僕は宮藤さんの不安を拭《ぬぐ》うことも、カミサマの苦しみをなくすこともできないのだ。

自分の無力さを痛感して、悔しくて悔しくて、無意識に時計の彼女が握ってくれている手に力を込めてしまった。

＊

夕方、店に帰ると尊さんはレジ台で読書に勤《いそ》しみ、隆道さんはソファに寝転んで雑誌を読みふけっていた。

「隆道さん」

ソファの前で足を止め声をかけると、隆道さんは雑誌を机の上に置き、気だるげに起き上がった。

「ん？　ああ、帰ったのか。お疲れさん」

「……カミサマを助ける方法を教えてください」

「……そんなもんねぇよ」

返ってきたその言葉に、僕はカッとなって声を荒らげた。

「この前、方法はあるって言ってたじゃないですか！　どんな方法でもかまいません。助けられる可能性があるなら、それを教えてください！」

「言ったろ、俺は降りるって。あのカミサマとかいう付喪神《つくもがみ》がどうなろうと知ったことか」

隆道さんは煩《わずら》わしそうに片耳を指で塞《ふさ》ぎながら淡々と答えた。

「宮藤さんはカミサマを助けようと、夜も寝ないで必死に看病してるんですよ！」

「知ってるよ。だから余計に腹が立ってんだよ」

そう言い放った隆道さんの目は、鋭く光っていた。苛立ちと冷たさが混じった、恐ろしい瞳だった。

「あ……えっ、と……」

隆道さんがなにを意図してそう言ったのかわからず口ごもると、彼は僕を鼻で笑った。

「てっきりお前も俺と同じ理由で腹立ててんのかと思ったら、違うみたいだな」

「……は？」

「なんでお前は他人のためにそんなに必死になっているんだ？　ここに来た頃は、他人と距離ばっか取ってて、そんなこと言うヤツじゃなかっただろ」

ぴしゃりと水をかけられたように、体が冷たくなる。

自分ではまったく気づかなかったが、確かに僕は今、これまでにないほど必死になっていた。

宮藤さんのために？　何故？

自分のことだというのに、わけがわからない。

眉を顰《ひそ》めていると、隆道さんは立ち上がって僕の肩を軽く叩いた。

「俺も鬼じゃないんでね。お前がこの質問に答えられたら、カミサマを助ける方法を教えてやるよ」

そうして僕はしばらく呆然と立ち尽くし、結局その場で答えを出すことはできなかった。

＊

その日の深夜、床《とこ》についたはいいが眠ることができず、何度目かの寝返りを打っていたところ、突如電話が鳴り響いた。

手に取ったスマートフォンの画面には知らない番号が表示されている。

こんな夜遅くに誰がなんの用だ。

不審に思いながらも、電話を取る。

『高峰君！　助けて！』

すると電話の向こうから、悲痛な叫び声が聞こえてきた。

この声は——間違いなく宮藤さんだ。

『カミサマが、カミサマが死んじゃう！　早く来て！』

「宮藤さん、落ち着いて！　すぐ行くから！」

電話口からは、カミサマが激しく咳《せ》き込んでいる音が聞こえた。

すぐに電話を切って、ジーンズとシャツに手早く着替え、枕元に置いてある懐中時計をポケットにしまうと慌てて家を飛び出した。

「一樹……こんな遅くにどうしたの」

自転車に乗ったところで、ようやく時計の彼女が眠そうに目を擦《こす》りながら起きてきた。

「カミサマになにかあったみたいだ。これから神社まで飛ばすから」

深夜の通りは車が少なく、いつもよりスピードを出して神社に向かえそうだ。

僕は必死にペダルを漕《こ》ぎ続け、深夜の町を駆け抜けた。

＊

ものの十数分で神社にたどり着くと、息が切れることも気にせず長い階段を駆け上り、拝殿の扉を開けた。

「宮藤さん！」

こちらを振り向いた宮藤さんは、涙を流していた。

彼女が腕に抱いているカミサマはずっと咳き込んでおり、その体は消えかけているのか、透けてしまっているではないか。

「別れの時……みたいだな」

カミサマはうっすら笑みを浮かべながら、再び咳き込んだ。

「いやだ！　さよならなんていやだ！」

宮藤さんは別れを受け入れられないと首を横に振り、消えかけたカミサマの体をこの世に繋ぎ止めるように抱きしめた。

祭壇に置かれている神鏡は鏡の曇《くも》りに加え、細かなヒビが入りはじめていた。

カミサマが咳《せ》き込むたびに、鏡のヒビは大きくなっていく。誰がどう見ても、彼が限界を迎えているのは明らかだった。

僕はなにもできず、カミサマが消えるところを指を咥《くわ》えて見ているしかできないのか。

——違う。そんなことはない。僕でも、僕にも、なにかできることはあるはずだ。

勇気を貰うように、ポケットの中の懐中時計を強く強く握りしめた。

「……宮藤さん。ちょっと待ってて。すぐ戻るから」

「高峰君？」

「必ず助ける！」

そう言って僕は拝殿を飛び出し、来た道を戻りはじめた。

すでに息は絶え絶えで、体は悲鳴を上げている。それでも僕は、決して足を止めなかった。

隆道さんは、僕が質問に答えられたら助ける方法を教える、と言っていた。

どんな方法だとしても、可能性があるのであればそれに縋《すが》りついてやる。

転がり落ちるように階段を下りると、僕は再び自転車に跨《またが》り、店に向かってペダルを漕《こ》いだ。

✽

何故、彼女達はこんな私のためにここまで必死になるのだろうか。

私はこんなところにいていい存在ではないというのに――

『悪《あ》しきものよ、即刻立ち去るがいい！』

私はなにもしていない。静かに休める場所を探していただけだ。

だというのに、不気味だという理由だけで、塩を撒《ま》かれ、経《きょう》を読まれ、力の弱い私は居場所を追われ続けた。

瀕死《ひんし》の体を庇《かば》いながら、私は安寧《あんねい》の地を探し彷徨《さまよ》い――そして、ようやくたどり着いたのがこの拝殿。

肌寒く、薄暗く、静かで、清らかな空気が漂《ただよ》う、なんとも居心地がいい場所だった。

そこがどんな場所か理解していなかった私は、力が回復するまで間借りするつもりで、祭壇の中央に置かれていた大きな力を感じる神鏡に憑《つ》くことにした。

すると瀕死《ひんし》だった体はみるみるうちに回復した。

そんな時拝殿の扉が開いて、黒髪の可愛らしい少女と出会ったのだ。

「だぁれ？　だれかいるの？」

円《つぶ》らな瞳で私の様子をじっとうかがっている彼女には、私の姿が見えているようだった。

ああ、きっとこのまま恐れられ、泣き喚《わめ》かれ、私はまたどこかへと追いやられてしまうのだろう。

どうせ追い出されるなら、追われる前に自分から立ち去ろうじゃないか。

おかげで体力も回復した。去るにはいい機会だ。

立ち上がろうとした私に少女は恐れることなく近づいて、あろうことか私の手を握った。

「……カミサマ、どこか行っちゃうの？」

少女は怯《おび》えるどころか、不安げに瞳を揺らして私の顔を見上げている。

カミサマ――神様、神。

ああ、そうか、ここは神を祀《まつ》っている場所なのか。どうりであの鏡には私の体を癒やすほどの大きな力が込められていたわけだ。

そしてこの少女は私を神と勘違いし、この神社のために必死で引き止めているのだろう。

その時ふと、悪い考えが頭の中を過《よぎ》ってしまった。

「……君は、私にここにいてほしいの？」

「うん。カミサマがいなくなったら、皆寂しがるよ……だから、ずっとずっとここにいて」

これまで散々人間に居場所を追われ続けた私が、初めて人間に引き止められた。

神様というものは、あやかしを忌《い》む人間が引き止めたいと思うほどの者なのか。だとしたら、私がこのまま神を偽れば、ずっとここにいられるのではないだろうか。

「わかった。カミサマはここが大好きなんだ。だから、ずっとずっとここにいるよ」

半分嘘で、半分本心。

安心させるように少女の頭を撫でると、彼女は満面の笑みを浮かべた。

「私、渚っていうの。カミサマ、私のお友達になってくれる？」

それが私と渚の出会い。

渚にとっても、私にとっても、お互いが初めての友人だった。

渚との日々はとても楽しいものだった。

彼女と遊び、語らい――今まで居場所を追われ続けていた私が、初めて手に入れた平穏な幸せ。

神鏡のおかげか、もうすぐ消えるはずだった私は、幼い渚が成長するまでの長い時を生き長らえることができた。

――しかし、嘘で手に入れた幸せが永遠に続くはずがなかった。

鏡に宿っていた神気を私が吸い続けたことによって、鏡は徐々に曇《くも》りはじめ、力を失い、それとともに私の体も弱りはじめた。

こんなに弱い私が、神を騙《かた》ってはいけなかったのだ。それに気づいた時には、鏡から抜け出す力すらなくなっていた。

これは本物の神が私に与えた罰なのだ。

このまま苦しみながら跡形もなくひとりで消えていくのが、私にとってふさわしい終わり。そう受け入れることにした。

けれど渚は懸命に看病をしてくれて、私の傍に居続けてくれた。

――その優しさは、私に向けられるべきものではないとも知らずに。

✽

店に着くなり、僕は自転車を放り出し、呼吸を整えるのもそこそこに思い切り戸を叩いた。

すでに二階の電気は消灯されているため、恐らく隆道さんも尊さんも就寝しているのだろうが、そんなことに配慮している場合ではない。

「隆道さん！　隆道さん！」

名前を呼びながら、何度も戸を叩き続ける。

すると店内がわずかに騒《ざわ》めきはじめた。眠りを妨《さまた》げられた付喪神《つくもがみ》達が、迷惑だと騒いでいるのだろう。

いいぞ、このまま彼らが騒いでくれれば、隆道さんは彼らを静めるために店に下りてくるに違いない。初めてここに来た時もそうだったのだから。

僕の予想は正しく、それから一分も経たずに二階に電気が灯《とも》った。

そのまましばらく叩き続けていると、うるせぇ、と隆道さんの声が響き、付喪神《つくもがみ》達は大人しくなった。

そして引き戸の鍵が開く音がして、乱暴に戸が開かれる。

「あんだよ。こんな時間に騒々しい」

寝ぼけ眼《まなこ》の隆道さんが、頭をかきむしりながら出てきた。機嫌はかなり悪そうだ。

「方法が、ないことはないって……言ってましたよね」

息も絶え絶えになりながら、単刀直入にそう言った。

隆道さんは突然のことに、まったく意味がわからなそうに首を傾《かし》げている。

「カミサマが、もう消えてしまい……そうなんです。教えて、ください……助けたい、んです」

隆道さんの両腕に手を置いて、肩を上下させながら頭を下げた。

脳に十分に酸素が回らず、頭がくらくらする。急いで神社と店を往復したから、足もガクガクと震えていた。

しかし、そんなことを気にしている場合ではなかった。

宮藤さんが待っている。僕が急がなければ、カミサマは消えてしまう。隆道さんこそが頼みの綱なのだ。

「お前はなんでそこまで必死になるんだ」

先程答えられなかった質問を、再び投げかけられた。

「宮藤渚も、カミサマも、お前にとっちゃ他人だろ。何故お前が、そこまで必死になる必要がある？」

隆道さんは試すように、僕を見据えていた。

今日、店から家に帰って横になりながら、そして今再び店を訪れるまで、ずっと考えていた。

何故自分はこんなに汗だくになって、あれほど関わりを避けていた他人のために走り回っているのか。

何故宮藤さん達のことを思うと、こんなにも胸が熱くなるのか。

あんなに人と目を合わせることが苦手だったはずなのに、どうして僕は隆道さんをまっすぐ見ていられるのか。

「……わかりません」

その理由は、僕こそが一番聞きたいことだ。

自分自身のことを一番わかっていないのは僕自身なのだ。

ふと視線を動かすと、隣には僕を見守るように時計の彼女が立っていた。

ポケットの中に手を入れて、勇気を貰うように懐中時計を握りしめる。

「……でも、助けたいんです」

別れが怖いと幸せから逃げながらも、自分の身を挺《てい》して子供を守ったテディベア。

退屈な日々を続けるよりも、自分を求めてくれる人間のために最後を迎えることを決めた白無垢。

そして、こんな僕を見限ることなく、今もずっと傍にいてくれる懐中時計。

ヘンゼル、椿、そして名もなき彼女を通して、様々な人達と出会った。

十八年間生きてきた中で、最も濃い数ヶ月間の出来事が頭を駆け巡る。

――そして、ヘンゼルの言葉を思い出した。

『一度関わっちまうとよ、居心地がよくて離れたくなくなっちまうものなんだよ。お前にもいつかそれがわかるといいな』

あの時は、彼の言っている意味がわからなかったけれど――今なら、わかる。

「他人ですけど……一度、関わってしまいました。だから、もう、見ないふりは……できません」

きっと今、宮藤さんは苦しんでいる。そしてカミサマも苦しんでいる。

彼らの姿がまるで目の前にいるかのように頭に浮かんだ。

そうだ。宮藤さんだって、いつも僕を励ましてくれた。僕を見ていてくれた。

宮藤さんだけじゃない。隆道さん、尊さん、それに加賀だって、皆僕と向き合ってくれていたのだ。そんな彼らから目を背《そむ》け、距離を取っていたのは他でもない僕自身だ。

――ああ、人と向き合うとは、こういうことか。ようやくその意味が、すとんと腹に落ちてきた。

「僕も、彼女達に向き合いたいんです」

「――なら、お前が自分でやってみろ」

隆道さんは着崩れた着物を直し、なにやら準備をはじめた。

「宮藤さんが助けを求めたのはお前だ。彼女を助けたいと思ったのもお前だ。なら、お前がやれ」

「でも、僕は……」

専門的なことなんてわからない。

なにをやるかもわからないのに、僕にできるのだろうか。

「助けたいと思ったなら、最後まで責任持て。傍にいてやる。やり方も説明してやる。だが、やるのはお前だ」

なにかの道具をまとめた風呂敷《ふろしき》を、隆道さんは僕に押しつけた。

「大丈夫。私もついてるよ」

時計の彼女の一言に勇気づけられた僕は、決意を込めてしっかりと頷き、隆道さんのあとに続いた。

*

暗い石段を上り、境内《けいだい》に向かう。先程は意識する間もなかったが、夜の神社は昼間と大きく表情を変えるものらしい。

昼間は優しく迎え入れてくれた御神木は、夜になると騒《ざわ》めく枝葉が妖しく、大きな化け物のように不気味に見えた。

じんわりとした蒸し暑さに滲《にじ》む汗を拭《ぬぐ》いながら、明かりが漏れてくる拝殿の扉を開ける。

「高峰君……」

僕を振り返った宮藤さんは、ほっとしたように息をついた。

彼女の膝を枕にして横たわるカミサマは、荒い呼吸を繰り返していた。急がなければ手遅れになる。

「……隆道さんに、カミサマを助ける方法を聞いてきたんだ」

隆道さんに渡された風呂敷《ふろしき》を広げる。

その中に包まれていたのは、墨汁《ぼくじゅう》に筆と大量の半紙、そして大きな丸い鏡。

「今からカミサマを新しい鏡に移す儀式をやる」

「……カミサマを助けてくれるんですか！」

期待を込めた瞳で、宮藤さんは入口に凭《もた》れかかっている隆道さんを見つめた。

「この儀式をやるのは俺じゃなく一樹だ。俺はあくまでも監督係。傍で見守るだけだよ」

隆道さんが儀式を行《おこな》ってくれるものと思っていた宮藤さんは、不安げに僕を見つめた。

「俺がやろうが、一樹がやろうが、この間言った通り成功する確率はほぼゼロに近い。失敗すれば、そいつはすぐにでも消えてしまう」

「……成功したら?」

「体調も少しはよくなって、もうしばらくは傍にいられるだろう」

成功しても、遅かれ早かれ彼は消える。失敗したら、すぐに消えてしまう。

僕は宮藤さんの手を強く握って、迷いに揺れているその瞳をまっすぐ見つめた。

「……上手くいくかわからない。僕なんかに大切な人を託すのは不安かもしれない。でも、それでも、僕は二人を助けたいんだ。だから……手伝って、ほしい」

揺れていた瞳が、僕の視線と重なって止まった。

「それでカミサマが助かるなら、なんだってするわ!」

宮藤さんの表情は絶望から希望へと変わり、カミサマの頭をそっと床に下ろそうとした。

けれどカミサマは彼女の手を掴み、引き止めた。

「やめるんだ」

「ど、どうして？　このままじゃ貴方は――」

「渚……君は勘違いしているだけだよ。私はそんなに必死になって救うほど価値がある存在じゃない。だからもう……」

宮藤さんに優しく微笑みかけるその緑の瞳を見た瞬間、隆道さんがこの仕事を降りると言った理由を理解した。

カミサマは、最初から助かることを諦めているのだ。

自らの死を受け入れている、なんて美しい話ではなく、生きることそのものを諦めている。

宮藤さんは彼を救うためにこんなに必死になっているというのに、その想いを無視しているのだ。

はっとして入口にいる隆道さんを見ると、彼はカミサマを蔑《さげす》むように口を開いた。

「俺は、生きるつもりがないヤツを救う気はない」

隆道さんがカミサマに苛立っていたのは、そういう理由だったのだ。

その瞬間、自分でも驚くほどの速さで頭に血が昇っていくのを感じた。

「……っ、ふざけんなよ！」

両手でカミサマの胸ぐらを掴み上げる。

「高峰君……!?」

「やめて一樹っ！」

カミサマの胸もとを握る手は震え、怒りのあまり宮藤さんと時計の彼女が止める声も耳を通り過ぎていく。

「なんで最初から諦めてるんだ！　あんたは宮藤さんと離れたいのか！」

僕が睨《にら》みつけると、彼は僕からすぐに視線を逸《そ》らした。

その態度に無性に腹が立って、さらに手に力を込める。

「宮藤さんがあんたのことをどれだけ大切に思っているか、知ってるだろ！　上手くいくかわからない。それでも方法はあるんだ！　なのに、なんで諦めるんだ！」

「私は！　私はここにいてはいけない存在なんだ！」

僕の声をかき消すように、カミサマは声を荒らげた。

「なら、なんでずっとここにいたんだよ！　嫌ならもっと早く出ていけたはずだ！それなのに、なんであんたは今もここにいるんだ！」

勢い余って、カミサマの背が壁に当たる。わずかに呻《うめ》き声を上げたカミサマの瞳は、迷うように揺れていた。

その時、宮藤さんが近づいてきて、恐る恐るカミサマの手に触れた。

「……貴方は、ここから去りたいの？」

「もう、わからない……私は、どこに行けばいいんだろう。どうすればいいのか、わからない」

カミサマはまるで帰り道を忘れた迷子のごとく、宮藤さんの瞳を見つめた。

離さないでくれと懇願するかのように、彼は言葉とは裏腹に宮藤さんの手を強く強く握りしめている。

「……私は、貴方にずっとずっとここにいてほしいよ？　でも、カミサマはどうしたいの？」

「――私、は」

僕が手を離すと、彼は力なく壁に凭《もた》れかかった。

「……ここにいてもいいと言ってくれたのは、渚だけだ。だから、私もここにいたい。まだ、渚の傍に、いたい」

力なく俯《うつむ》き、それでも宮藤さんと繋いだ手だけは離すことなく、カミサマはぽつりぽつりと言葉を紡《つむ》いだ。

「――決まりだな。カミサマの力も、借りたいんだ。手伝ってくれるか？」

優しく尋ねると、彼は観念したようにゆっくりと頷いた。

大量の半紙を部屋中に広げ、正方形を二つ作る。その半紙に筆で大きな円を書いた。隆道さんが見本としてメモに書いてくれたものと見比べながら、寸分違わないように大きく書き写す。

「カミサマ。髪を一房もらえないか。その方が成功率が上がるんだ」

「……わかった」

カミサマはすぐに髪を切り落として差し出してくれる。

それを墨の中に入れると、髪はあっという間に溶けて混ざる。その墨を使ってもうひとつの正方形に同じ円を書いていく。こちらの中央には、カミサマが移る予定の新しい鏡を置いた。

汗だくになりながら、どうにか二つの円を書き終える。その間、隆道さんはなにも言わず、じっと僕の様子を見ていた。

「宮藤さんは新しい鏡を持って、こっちの円の中心に立ってほしい」

「私がカミサマのいる鏡を持たなくていいの？」

「ああ。カミサマには、宮藤さんの方に……その鏡に移ることだけを考えてほしいんだ」

「……わかった」

カミサマはこくりと頷いた。

宮藤さんは僕が言った通り、カミサマの髪を入れた墨で書いた円の中心に新しい鏡を持って立った。

僕は祭壇から、現在カミサマが憑《つ》いている鏡を持ってきて、もうひとつの円の中に入る。

これで準備は整った。あとは、儀式をはじめるだけだ。

「……あ」

思い出したことがあって、一度鏡を置いて隆道さんのもとに向かう。

僕が隆道さんに差し出したのは、ポケットから取り出した懐中時計。

「……これ、預かっていてほしいんです。彼女になにかあったら困りますから」

「わかった。やれるか？」

「……やります」

心配そうな表情を浮かべる時計の彼女に微笑みかけて、今度こそ円の中心に立った。

「宮藤さん、準備はいい？」

彼女は緊張した面持ちでこくりと頷いた。

「なにがあっても、鏡を離しちゃ駄目だよ」

「死んでも離さないわ」

「カミサマも準備はいい？」

「ああ」

そうして互いに鏡を胸の高さに持ち上げて合わせ鏡をつくる。

僕自身、これからなにが起こるかなんてまったくわかっていない。

不安もあるし、恐怖もある。それでもやるしかない。

どんな感情よりも、この二人を助けたいという気持ちが一番大きかった。

「――宿りし物。憑《つ》きし代《しろ》から離れよ」

深呼吸をし、教わった言霊《ことだま》を唱えはじめると、互いの鏡が青白く光り輝きはじめた。

どこからともなく風が吹き上げ、沢山の半紙を巻き上げていく。

「――離れし物、新たな代に移れ」

目が眩《くら》むほど光の強さは増す。それでもどうにか目を開けて、前を見続けた。

まるでとても強い向かい風が吹いているようで、足を踏ん張っていないと立つことができない。吹き飛ばされそうになる体を必死に押さえながら、鏡を前に、前にと突き出した。

「宿れ、宿れ、宿れ、宿れ！」

叫ぶように言霊を唱え続ける。

半紙が拝殿中に舞い上がり、宮藤さんやカミサマがどこにいるかもわからない。

叫ぶたびに風の勢いは増し、もう耐えられないと思った時、僕の手の上に手が添えられた。

「大丈夫、私も一緒だよ！」

そう力強い言葉が聞こえた瞬間、どんっと凄まじい音がして、僕と時計の彼女は背後の壁に吹き飛ばされた。

背中に衝撃が走り、一瞬息ができなくなる。それでも歯を食いしばり、目を開けて前を見た。

宮藤さんも同じく壁まで吹き飛ばされたようで、背中を強打して座り込んでいる。けれど彼女が持っている鏡は無事のようだ。

上手くいったのか。そうほっと息をついた時だった。

「すまない……」

悲しそうな声が、すぐ耳元で聞こえた。

カミサマは宮藤さんの傍ではなく、僕の傍で立ち尽くしたままだった。

起き上がった宮藤さんは狼狽《うろた》え、慌ててこちらに駆け寄ってくる。

そこで僕はようやく、自分が持っていた鏡に視線を落とした。

「やはり、そう簡単に依代《よりしろ》は変えられない……か」

僕が手にしていた鏡は、今にも壊れそうなほど大きなヒビがいくつも入っていた。

隆道さんの方を見ずとも、儀式は失敗に終わったのだと悟る。

「ごめん……ごめんなさい……僕、僕は……」

——儀式は、失敗したのだ。

助けると意気込みながら、僕は、失敗した。

「カミサマ！　ごめんなさい、私……！」

同じように宮藤さんも悲痛な叫びを上げながら、カミサマに縋《すが》りついた。

「……散々諦めていて、ようやく前に進もうとしたらこのザマか。私にはぴったりの、終わり方だ……ね」

怒りもせず、悲しみもせず、ふっきれたように笑うカミサマ。その両足は、もうすでに消えかけていた。

「君達のせいではないよ。もともと私は、こんなに長く生きられる存在じゃなかったんだ……渚がこれほど大きくなるまで見守れただけでも、十分幸せだったんだよ」

「いや！　カミサマが消えてしまったら、私は――」

すでに太腿まで消えかけているカミサマの腰に、宮藤さんは彼を引き止めるように抱きついた。

そんな宮藤さんの頭を優しく撫でるカミサマの姿は、本当の兄のようだった。

「……最後に、ひとつ、渚に謝らなきゃならないことがあるんだ」

「え？」

「……私はずっと、君に嘘をついていた。私はここの神様なんかじゃないんだ」

宮藤さんははっと驚いたように顔を上げて、カミサマを見る。

「私はこの鏡に取り憑《つ》いて、その力を吸い取っていたただの弱いあやかしなんだ。本当は体が治ったらすぐ出ていくつもりだったのだけれど……あまりにもここが居心地よくて。君の傍から離れたくなくて……気がついたら鏡に込められていた神気を吸い尽くしてしまっていた」

ぽつり、ぽつりと申し訳なさそうに、カミサマは真実を宮藤さんに告げた。

「……神鏡はあくまでも神具だからな。本当の神の依代《よりしろ》はここにはないし、そもそも本物の神様なんて、いくらあやかしが見える俺達でも姿を拝むことなんてできない存在だ――」

隆道さんは、最初から気づいていたのだ。カミサマが、ただのあやかし――付喪《つくも》神《がみ》であることに。

「そうだよ。だから、ここの神社から神が消えることはないから、安心して」

慰《なぐさ》めるように宮藤さんの頬を撫でる神様。

そんな彼の頬を、宮藤さんは思い切り平手で打った。

乾いた音が拝殿に響き渡り、カミサマは驚いたように目を見開く。

「それがどうしたのよっ！」

「……君は、この神社から神が消えることを恐れていたんじゃないのか。だから、あの日、私を引き止めたんじゃ――」

そんな言葉を遮《さえぎ》るように、宮藤さんがカミサマの胸ぐらを掴んだ。

「貴方が神様じゃないってことは、薄々気づいてたよ！　ううん、貴方が神様だろうが神様じゃなかろうが、そんなことどうでもよかったの！　貴方は友達がいなかった私にとって最初の友達で、いつも傍にいて話を聞いてくれて、悲しい時は慰めてくれて……私にとっては、貴方は神様みたいな存在だったの！」

カミサマというのは、宮藤さんにとって大切な名前だったのだ。

だから彼が本物の神様ではないと気づいても、宮藤さんは自分の傍にいてくれた大切な彼を〝カミサマ〟と呼び続けていた。

彼女の想いを聞いたカミサマはしばらく驚いていたものの、安堵したように大きく息をついて涙を一筋流した。

「ああ、そうか……恐れていたのは、私だけだったんだね……」

慈《いつく》しむように微笑みながら、カミサマは宮藤さんの頭に手を伸ばす。けれどもう、その先にあるはずの手はほとんど消えてしまっていた。

「……私は消えてしまうが、せめて私の欠片は傍にいられるようにしよう。渚……私の大切な人。どうかどうか、幸せにね」

そうして彼は宮藤さんの額に口づけを落とし、満面の笑みを浮かべて消えていった。

最後に見せたのは、本物の神様だと言われても疑わないほど、とても優しく、慈愛に満ちた表情だった。

カミサマが消えると、僕が手にしていた鏡も割れ、霧《きり》のようになって消えていった。

けれどその中から一欠片だけ、指の関節ほどの大きさの破片が床に落ちたことに気づく。

宮藤さんはしゃがみこむとそれを拾い上げ、ハンカチに包んで大切に胸に抱いた。

そうしてぽろぽろと涙を零しはじめる。

「……ごめん」

悲しげに小さく丸まった背中に声をかけたが、嗚咽《おえつ》が聞こえるだけで返事はない。

宮藤さんは何度も僕を助けてくれたのに、僕は彼女を助けることができなかった。

力が、及ばなかった。

「……役に立てなくて、ごめん」

彼女の背中に頭を下げ、謝り続ける。

すると宮藤さんがすっくと立ち上がり、爪先《つまさき》が僕の方に向いた。頭上から彼女の視線を感じるが、怖くて顔を上げることができない。

「頭を上げて、高峰君」

恐る恐る顔を上げると、宮藤さんは涙を流しながら笑っていた。

「私達のために頑張ってくれて、本当にありがとう。貴方のおかげで、私も最後にカミサマに思いをぶつけられたよ。ありがとう」

夜が明けたのだろう。

拝殿の中に朝日が差し込み、彼女の手の中にある鏡の欠片が宝石のようにキラキラと輝いた。

それから彼女は、隆道さんの方を向いて尋ねる。

「依頼料、どれくらいになりますか？」

「いいのか？　こっちはカミサマを助けられなくて、失敗したんだぞ」

「かまいません。無理を言ったことはわかっているので、きちんとお支払いします」

そう言い切った宮藤さんに、隆道さんは、じゃあ遠慮なく……とスマートフォンで電卓を叩きはじめた。

手を止めると、ふむと頷いて画面を宮藤さんに見せる。それを見た宮藤さんの目が丸くなった。

「え……失敗したことを踏まえて、この値段ですか⁉」

「二人分の出張費、儀式代、あとは時間外手当だな。失敗した分負けさせてはもらったよ」

「……隆道さん、かなりがめついから」

どれだけ高額な請求をしたのか、じろりと隆道さんを睨《にら》むと、彼はすうっと視線を逸《そ》らした。

「前言撤回するなら今のうちだぞ？」

もともと払ってもらうつもりはなかったのだろう。隆道さんは試すように彼女を見る。

宮藤さんは真剣な表情で隆道さんにスマートフォンを差し出した。

「一度払うと言ったので、お支払いします。ですが、すぐにはお支払いできませんので……どこかでバイトをしながら少しずつ返させてください」

「ふぅん、それならウチの店で働けばいい。こいつも同じ理由でバイトしてるからな」

「……高峰君も？」

「あ、まぁ、うん……色々あって」

誤魔化すように笑うと、宮藤さんは驚いて目を瞬《しばたた》かせた。

「霧原さんがそう仰るのでしたら……不束者《ふつつかもの》ですが、よろしくお願いいたします」

それから僕にも、よろしくね先輩と頭を下げる。

「さてと、帰るか……」

「じゃあ、またね、高峰君」

「……またね、宮藤さん」

宮藤さんに手を振って、朝焼けの空を眺めながら僕は隆道さんと帰路についた。

「よく頑張ったたな。お疲れさん」

「……ありがとうございます」

隆道さんは僕を責めることもなく、ただ労《ねぎら》うように肩を叩いた。

長い階段を下りながら、徐々に体が疲労を感じはじめ、気だるくなっていく。

そして隆道さんに車で自宅まで送ってもらったあと、僕は泥のように眠ったのであった。

エピローグ

八月――『霧原骨董店』でバイトを初めて早三ヶ月が経った。新たに宮藤さんがバイトとして加わり、店は以前にも増してとても賑《にぎ》やかになっている。

「おにーちゃん！　遊びに来たよー」

ある日、夏休み真っ最中の陽菜ちゃんがヘンゼルを連れて遊びに来た。

「あれ、陽菜ちゃん。今日はどうしたの？」

僕が問うと、ソファに凭《もた》れかかりながら隆道さんがぽつりと呟いた。

「女子会だ」

陽菜ちゃんが持っている手提げ袋を見てみると、その中には可愛らしいエプロンが入っている。

「今日はね、尊おねーさんと一緒にクッキー焼くの！　その間ヘンゼルのことよろしくね」

「そっか、わかった」

目を合わせるために腰を屈《かが》めると、陽菜ちゃんの嬉しそうな笑顔が視界いっぱいに広がった。

女子会には、さすがのヘンゼルも立ち入り禁止のようで、陽菜ちゃんはソファに彼を座らせて居住スペースに入っていった。

そんな陽菜ちゃんのあとに尊さんが続く。居住スペースにつながる扉に手をかけたところで尊さんが足を止めて、宮藤さんに声をかけた。

「よかったら、ナギサも一緒にどうかな？」

「え……でも、私は今……」

掃き掃除中だった彼女は、箒を手にしたまま困惑気味に視線を彷徨《さまよ》わせる。

「いいよ。どうせ暇だし、一樹が代わりにやってくれるだろうよ」

僕が断らないことを知ってか、隆道さんは悪どい顔でそう言ってこちらを見た。

「今の仕事が終わったらやるから、行ってきていいよ」

「ありがとう、高峰君。美味しいクッキー焼いてくるね！」

そうして宮藤さんも足取り軽く、楽しそうに店の奥へと入っていった。

そんな宮藤さんの首からはロケットペンダントが下がっている。あの中には、彼女の大切な友人だったカミサマの欠片が入っているのだ。

女性陣がいなくなると、ソファに座らされたヘンゼルに声をかけた。

「陽菜ちゃんと仲よくやってるみたいだな」

「まぁ、今のところはな」

「ボログマも幸せそうじゃん。新しいリボンまでつけてもらっちゃって」

時計の彼女が茶化《ちゃか》すようにヘンゼルの首元を突《つつ》く。そこには陽菜ちゃんがつけたのであろう可愛らしいオレンジ色のリボンが巻かれていた。

「……少し見ない間に、変わったな」

ヘンゼルが僕を見上げた。

「……なにがだ？」

「お前だよ。腑抜け面が幾分かマシになった。結局あの可愛コちゃんともお近づきになったみてぇだしなぁ？」

隅に置けないヤツめ、とヘンゼルはにやけながら僕の腕を小突いた。腕に当たる柔らかい感触がどこか懐かしい。

「こんにちは」

声が聞こえて入口を覗くと、そこには孝俊《たかとし》さん——椿の白無垢を着て旅立ったお婆さんの息子さんが立っていた。

「いらっしゃい。今日はどうしたんですか」

「母の遺品を整理していたら、色々と骨董品が出てきたので見ていただこうと」

「おお、どうぞこちらへ」

隆道さんが彼を応接スペースへ手招く。

「今、嫁がクッキー焼いてるんですよ。焼けたら食べていきますか?」

「……はい。是非」

鑑定の邪魔にならないように、僕は席を立って仕事に戻ることにした。

段ボールを持って、倉庫に向かうため店の奥に進む。初めてここを通った時はあんなに怖がりながら歩いていたというのに、今の店の中には穏やかで優しい空気が流れていた。

「キミは、女子会に参加しなくていいの?」

僕の一歩先を歩いていた時計の彼女に声をかけると、彼女はけらけらと笑った。

「私は食べる専門だから、いーの」

そしてふと足を止め、彼女は着物の裾《すそ》を翻《ひるがえ》しながら僕を振り返った。

「一樹、よく喋るようになったね。顔も明るくなった」

「……ヘンゼルと同じようなことを言うんだな」

「だって、ずっと傍で一樹のこと見てて思ったんだもん」

にんまりと笑いながら、彼女は身を屈《かが》めて僕の目を覗き込んだ。

その時ふと、懐かしさを覚えた。

そういえばこの場所は、付喪神《つくもがみ》に襲われた僕が、初めて彼女と出会ったところだ。

たった数ヶ月前の出来事だというのに、何年も前のことのように感じてしまう。

僕の前に姿を現すまでの間、彼女はどんな気持ちで僕を見守ってくれていたのだろう。

そんなことを考えていると、不意に頭の中にひとつの言葉が下りてきた。

「――トキ」

ぽつりと呟くと、彼女はぱちくりと目を瞬《しばたた》かせた。

「トキってどうかな？」

「え、えっと……なにが？」

突拍子もない僕の言葉に、彼女は困惑気味に首を傾《かし》げた。

今までどんな言葉を考えても、これだと思えるものがなかった。しかし、今初めてピンとくる音を見つけた。彼女にはこの名しかない。

「名前だよ。ずっと決めてほしいって言ってただろ。トキって名前はどうかな？」

「トキ……」

彼女は呆然と、僕の言葉を反復した。

「ほら、懐中時計は時を刻むものだろ。〝時〟も〝刻〟もトキって読むし……それに、懐中時計の模様にも朱鷺《とき》がいる。朱鷺は幸運をもたらすっていうから……キミにはぴったりの名前だと、思った……んだけど」

それっぽい理由を並べるが、すべて今思いついて口走っているだけだ。

だが、僕にはこの名前しか考えられない。これで嫌だと言われたらどうしよう。なんだか恥ずかしくて、彼女の顔を直視できず目を逸《そ》らした。

「と、き……」

うわ言のように、彼女はその名前を繰り返した。

ああもう、良いか悪いかはっきり答えてほしい。

心臓が痛いくらいに高鳴って、どうしたらいいのかわからなくなる。

「僕が、その……こうなれたのも、キミのおかげ、だと思うし。だから、その……感謝、してるよ。これからも——」

一緒にいてくれるだろうか、と言うと彼女は泣いていた。

しまった、気に入らなかったんだ。

「ご、ごめ……泣くほど嫌だったか。違うの考えるよ」

誰かに名前をつけるのは初めてなんだ。僕がいいと思っただけではやはり駄目なんだ——また新しいものを考えなければ。

そう反省するけれど彼女はにこりと笑い、僕に飛びついてきた。反動で僕の手から段ボールが落ちる。

「トキ！　とてもいい名前！　すごい気に入ったよ！　ああ、もうっ、一樹ありがとう！」

段ボールの中には、沢山の瀬戸物《せともの》が入っている。地面に落ちたら割れてしまう——

そう思いつつも、宙に舞うそれを呆然と見ていることしかできなかった。

「まったく、お主はいつもここで転ぶな。せわしないヤツめ」

あの日僕を襲った付喪神《つくもがみ》達が、皆で段ボールを受け止めてくれる。

彼らは尻餅をついた僕の傍に段ボールを置いて、抱きつきながら泣いているトキを笑いながら、楽しそうに姿を消していった。

「おい、一樹。気をつけろよ!」

「はーい!」

応接スペースの方から隆道さんの声が聞こえる。

これ以上危ない目に遭う前に荷物を置きにいこうと、泣いているトキを起こして倉庫に向かった。

「あのね、一樹」

「なに?」

倉庫に荷物を置き、宮藤さんに任された掃除をしようと戻ろうとした時、トキがそっと僕の耳元に口を寄せた。

「私に、持ち主を幸せにする力なんてないんだ」

「――はぁ？」

「私は懐中時計に憑《つ》いているただの付喪神。人を幸福にする力なんてなぁんにも持ってないんだよ」

トキの口から告げられた真実に、僕は顎《あご》が外れそうなほど口を開けた。

「え……じゃあ、ばあちゃんが言ってたのは」

「勘違い、というか思い込みというか？　ほら、信じる者は救われるって言うじゃない？」

トキは言いづらそうに指をいじりながら、ぽつりぽつりと呟いた。

いや、待て。仮に彼女が本当にただの付喪神で、持ち主に幸運を運ぶことなんてできないとする。

だとしたら、今までのはなんだ。店でバイトをはじめたり、加賀が声をかけてきたり、宮藤さんと仲よくなったり。今まで他人と関わってこなかった僕が、こんなに賑《にぎ》やかな生活を送っているのは一体どういうことだ。

「トキが気づいていないだけで、幸運を運んでくれる時計に変わったんじゃないの？」

あまりに納得がいかずそう言うと、トキは僕の考えを笑い飛ばした。

「一樹が変わったんだよ」

「ぼ、くが？」

「そう、一樹が。自分じゃ気づいていないんだろうけど……君はこの数ヶ月で本当に見違えるように変わったよ」

トキの言葉が理解できず、ただ立ち尽くす僕の脳裏に、祖母の最期の言葉がこだました。

『かわいそうに。このままじゃ、お前はずうっとひとりぼっちのままねぇ……』

悲哀の表情を浮かべながら、皺《しわ》くちゃの手で僕の頬を優しく撫でた祖母。

『――けれど、諦めないで。必ず見てくれる人がいる。必ず声を聞いてくれる人がいる。助けになって、傍にいてくれる人が必ず現れる。その人達を大切になさい。人は、ひとりでは生きてはいけないのだから』

――そうだ、あの時祖母はそう言っていた。

ああ、最初から諦めていたのは自分だった。

誰も僕を見てくれないと、ひとりぼっちのままだと思い込んで諦めていたのだ。

「……だからさ、これからも、よろしくね。一樹」

「ああ。よろしく――トキ」

礼儀正しくお辞儀し合ったあと、笑いながらトキとともに細い通路を歩く。

これから彼女と一緒に、どんな時を刻んでいこうか。この『霧原骨董店』ではどんな人達と出会い、どんなことが起きるのだろう。

なにがあっても、人の後ろをついていくでもなく、ただ待つのでもなく、人と並んで一緒に歩いていこう。

そう思った瞬間、ずっと動かなかった懐中時計が時を刻みはじめる音が、確かに僕の耳に届いたのだった。

ようこそアヤカシ相談所へ
ようこそあやかしそうだんじょへ
Matsuda Shiyori
松田詩依
やっと決まった
就職先は、幽霊達の
駆け込み寺でした……
アルファポリス「第1回キャラ文芸大賞」優秀賞作品!
失敗続きの就活に疲れ果てた女子大生・山上《やまがみ》静乃《しずの》は、ある日大学で出会った白髪の青年・倉《くら》下《した》から、「相談所職員募集中」と書かれた用紙を渡される。
断りきれず記載の場所を訪ねると、そこはなんとボロボロの廃ビル……しかも中で待っていたのは人間嫌いの所長・ササキと、個性豊かな幽霊達だった!
「あれ、私ひょっとして幽霊に好かれてる?」
自信を失いかけていた静乃が優しく幽霊に寄り添い、彼らの悩みを解決に導いていく——。
◎定価:本体640円+税
◎ISBN978-4-434-24938-9
◎Illustration:けーしん

あやかし蔵の管理人

朝比奈和
あさひな・なごむ

居候先の古びた屋敷は
あやかし達の憩いの場!?

突然両親が海外に旅立ち、一人日本に残った高校生の小日向蒼真は、結月清人という作家のもとで居候をすることになった。結月の住む古びた屋敷に引越したその日の晩、蒼真はいきなり愛らしい小鬼と出会う。実は、結月邸の庭にはあやかしの世界に繋がる蔵があり、結月はそこの管理人だったのだ。その日を境に、蒼真の周りに集まりだした人懐こい妖怪達。だが不思議なことに、妖怪達は幼いころの蒼真のことをよく知っているようだった――

◎定価：本体640円+税　◎ISBN978-4-434-24934-1　◎Illustration：neyagi

化け猫の手を借りれば
キャッと驚く癒しの空間!?

古く寂れた喫茶店を実家に持つ鹿嶋美来《かしまみらい》は、ひょんなことから巨大な老猫を拾う。しかし、その猫はなんと人間の言葉を話せる猫の神様だった！ しかも元々美来が飼っていた黒猫も「実は自分は猫鬼《びょうき》だ」と喋り出し、仰天する羽目に。なんだかんだで化け猫二匹と暮らすことを決めた美来に、今度は父が実家の喫茶店を猫カフェにしたいと言い出した！ すると、猫神がさらに猫又《ねこまた》と仙狸《せんり》も呼び出し、化け猫一同でお客をおもてなしすることに——!?

◎定価：本体640円+税　◎ISBN978-4-434-24670-8

●illustration:pon-marsh

神様の棲む《かみさまのすむ》猫じゃらし屋敷《ねこじゃらしやしき》

木乃子増緒
Masuo Kinoko

都会の路地を抜けると
神様が暮らしていました。

仕事を失い怠惰な生活を送っていた大海原《わたのはら》啓順《たかゆき》は、祖母の言いつけにより、遊行《ゆぎょう》ひいこという女性に会いに行くことになった。住所を頼りに都会の路地を抜けると、見えてきたのは猫じゃらしに囲まれた古いお屋敷。そこで暮らすひいこと言葉を話す八匹の不思議な猫に大海原家当主として迎えられるが、事情がさっぱりわからない。そんな折、ひいこの家の黒電話が鳴り響き、啓順は何者かの助けを求める声を聞く——

◎定価：本体640円+税　◎ISBN978-4-434-24671-5　◎Illustration：くじょう

天才月澪彩葉の精神病質学《サイコパス》研究ノート
Psychopathy Research Notes By A Genius, Tsukimio Iroha
玄武聡一郎
事件を解く鍵は——『共感覚《シナスタジア》』!?
猟奇殺人鬼《サイコパス》を求める変人研究者が
動機不明の難事件に挑む!
自分の理解できないサイコパスに会いたい——
そう願ってサイコパスの研究を続ける月澪彩《つきみおいろ》葉《は》。彼女はその専門を生かし、警察の事件捜査にも協力していた。だがあるとき、サイコパスの犯行ではあるが、動機が全くわからない殺人事件に遭遇してしまう。第二、第三の凶行が続く中、事件解決の鍵となるのは、見ただけでサイコパスを見分けられる「共感覚」の持ち主、北條正人だった——
天才月澪彩葉の精神病質学研究ノート
玄武聡一郎
事件を解く鍵は——共感覚!?
アルファポリス
猟奇殺人鬼を求める変人研究者が、
動機不明の難事件に挑む!
第10回ミステリー小説大賞大賞受賞作、待望の書籍化!
◎定価:本体640円+税
◎ISBN978-4-434-24689-0
◎Illustration:鳥羽 雨

ひょんなことから、
とある豪邸の主のために
夜食を作ることになった佳乃。
彼女が用意したのは、賞味期限切れの
食材で作ったいい加減なリゾットだった。
それから1ヶ月後。突然その家の主に
呼び出され、強引に専属雇用契約を
結ばされてしまい……
職務内容は「厨房付き料理人補佐」。
つまり、夜食係。

◉文庫判　◉定価 1巻:650円+税　2･3･4巻･外伝:670円+税

illustration：夏珂

営業部長兼専務の超イケメン・瀬田に執着された相馬茅乃《うまかやの》。けれど、自分は「箱入り特売チョコレート」のようなもの。彼には、「高級ブランドチョコ」のほうが似合うにきまっている……。そう思った茅乃は、あらゆる手段を使って彼のもとから逃げ出した！逃げる茅乃に追う瀬田。二人の攻防の行く末は？ネットで爆発的人気の恋愛逃亡劇、待望の文庫化!!

●文庫判　●各定価：670円+税　●illustration：夏珂

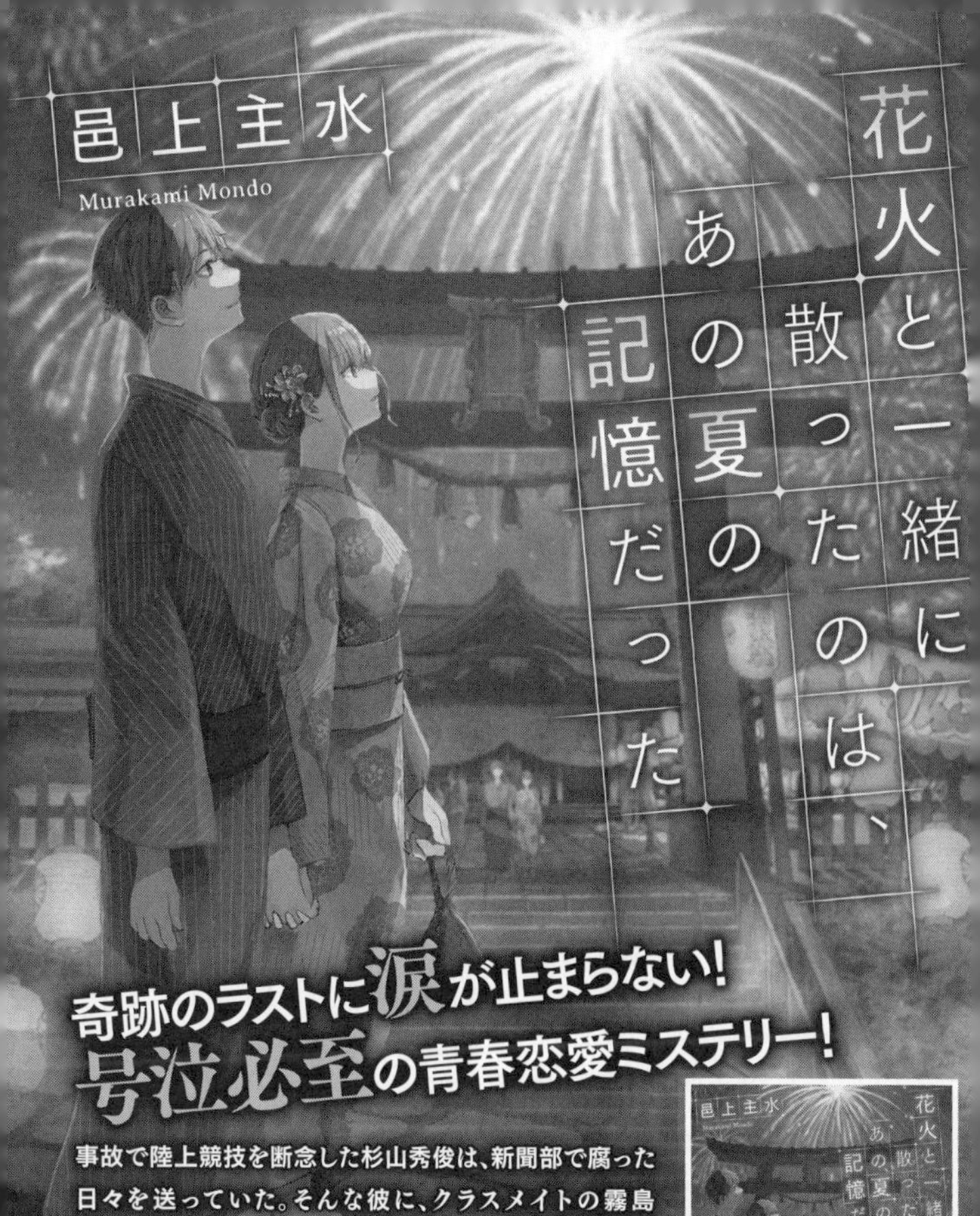

奇跡のラストに涙が止まらない!
号泣必至の青春恋愛ミステリー!

事故で陸上競技を断念した杉山秀俊は、新聞部で腐った日々を送っていた。そんな彼に、クラスメイトの霧島野々葉は毎日のようにまとわりついてくる。頭がよくて、他校にも知られるほど可愛い彼女だが、秀俊には単なる鬱陶しい存在だった。あるとき、秀俊は新聞部の企画で、都市伝説「記憶喰い」を取材することになる。そんな秀俊のもとに、企画を知った野々葉がやってきて告げた。「実は私、記憶喰いに記憶を食べてもらったことがあるんだ」

◎定価：本体640円+税　◎ISBN978-4-434-24798-9　◎illustration：秋月アキラ

21歳の会社員・市岡守琉は重病の父親を見舞った帰り、自宅マンションの吹き抜けを転落していく女性を目撃する。助けようとエレベーターで下へ降りるが、なぜか一階へは到着せず、代わりに30分前に遡っていた。何が起きたか分からぬまま自宅へと戻ると、今度は女性が自分の部屋で死んでいる。しかもその手には守琉の写真が……。この見知らぬ女性は自分に会いに来たのか？　何のために？　君は一体、誰なんだ？　謎を突き止めるため、そして彼女を救うため、守琉は再びエレベーターに乗り込んだ——

●定価:本体600円+税　●ISBN978-4-434-24125-3　●Illutration:ふすい

涙が止まらない 大人のための 猫絵本!

ネットで
涙腺崩壊の声
続々!

わたしの中にある
ねこへの愛が溢れ、
ありがとうの涙が溢れ、
どうにもとまりません!
(神保町にゃんこ堂　アネカワユウコ

書店員さん
感涙推薦!!

お互いを愛してやまない
飼い主とねこの心情を
描ききった傑作。
げぼくに抱かれる「わたし」の
姿に涙がとまらない。
(みどり書房白河店　矢野隆子)

すべての猫好き、
一読の価値アリ!!
なんて優しい絵で、
なんて切ない
話なんだ……
(喜久屋書店明石駅ビル
松本光

わたしのげぼく

©上野そら・くまくら珠美／アルファポリス

◉定価：本体1200＋税　◉ISBN 978-4-434-23631-(

この作品に対する皆様のご意見・ご感想をお待ちしております。
おハガキ・お手紙は以下の宛先にお送りください。

【宛先】
〒 150-6005 東京都渋谷区恵比寿 4-20-3 恵比寿ｶﾞｰﾃﾞﾝﾌﾟﾚｲｽﾀﾜｰ 5F
（株）アルファポリス　書籍感想係

メールフォームでのご意見・ご感想は右のＱＲコードから、
あるいは以下のワードで検索をかけてください。

アルファポリス　書籍の感想　検索

ご感想はこちらから

アルファポリス文庫

霧原骨董店《きりはらこっとうてん》　あやかし時計《どけい》と名前《なまえ》の贈《おく》り物《もの》

松田詩依（まつだ しより）

2018年 12月 10日初版発行

編　集－河原風花・宮田可南子
編集長－塙綾子
発行者－梶本雄介
発行所－株式会社アルファポリス
〒150-6005 東京都渋谷区恵比寿4-20-3 恵比寿ｶﾞｰﾃﾞﾝﾌﾟﾚｲｽﾀﾜｰ5F
TEL 03-6277-1601（営業）　03-6277-1602（編集）
URL http://www.alphapolis.co.jp/
発売元－株式会社星雲社
〒112-0005 東京都文京区水道1-3-30
TEL 03-3868-3275
装丁イラスト－ぴっぴ
装丁デザイン－AFTERGLOW
印刷－中央精版印刷株式会社

価格はカバーに表示されてあります。
落丁乱丁の場合はアルファポリスまでご連絡ください。
送料は小社負担でお取り替えします。
©Shiyori Matsuda 2018.Printed in Japan
ISBN978-4-434-25287-7 C0193